凜として

立場茶屋おりき

今井絵美子

時代小説文庫

角川春樹事務所

目次

凜《りん》として

「やれ、なんとか今年も無事に後《のち》の月（九月十三日）を終え、安堵《あんど》しやしたね」

大番頭《おおばんとう》の達吉《たつきち》が鼻眼鏡《はなめがね》を指で押し上げながら言う。

「考えてみれば、先月の十五夜（八月十五日）に引き続き、源次郎《げんじろう》さまが後の月に来て下さったのですものね……」

おりきが目を細めると、番頭見習の潤三《じゅんぞう》が仕こなし顔に頷《うなず》いてみせる。

「俺は絶対に源次郎さまはおいでになると思ってやした」

おりきと達吉が驚いたように潤三に目をやる。

「どうしてェ、大《て》えした自信じゃねえか」

達吉がにたりと片頬《かたほお》を弛《ゆる》める。

堺屋《さかいや》の番頭見習だった潤三が達吉の下について、一年と九月《くつき》……。

当初は水を向けないとなかなか自分の意見を口にしなかった潤三が、此《こ》の中《じゅう》、どこかしら水を得た魚のように活《い》き活きとしているのだった。

立場茶屋《たてばぢゃや》おりきでの仕事にも慣《な》れ、自信がついてきたからであろう。

「十五夜の晩、俺が皆さまを四ツ手（駕籠《かご》）までお送りしたんでやすが、そのとき源次郎さまが、噂《うわさ》には聞いていたが、立場茶屋おりきの月見の宴《えん》がこれほど風雅《ふうが》で味わいのあるものだとは思わなかった、女将《おかみ》さん手ずからの萩《はぎ》の隧道《ずいどう》も見事なら、板頭《いたがしら》の料理には目でも舌でも愉《たの》しませてもらった、これはなんとしてでも後の月にも来たいものだ、とおっしゃいましてね。そしたら、沼田屋《ぬまたや》の旦那さまが、十五夜だけでは片《かた》月見《つきみ》になる、通人《つうし》（粋人《すいじん》）は決してそんな無意気《ぶいき》（不粋《ぶすい》）はしないものだ、と言われやしてね」

「成程《なるほど》、それでおめえは源次郎さまも後の月においでになると思ったというわけなんだな？」

「ええ、そうなんでやすが、実は、そのとき、沼田屋と高麗屋《こうらいや》とで賭《かけ》をされやしてね」

「賭？　賭とは一体……」

おりきが訝《いぶか》しそうな顔をする。

「高麗屋の旦那が、源次郎はそんなことを言っているが、後の月はこずえさんの命日だぜ、いくら一周忌を済ませたといっても、祥月命日《しょうつきめいにち》の晩に源次郎が月見など出来るはずがない、と言われたんでやすよ。そしたら、沼田屋の旦那が、莫迦《ばか》を申すな、立場茶屋おりきの萩の隧道から月を愛《め》でてこそ、こずえさんの冥福《めいふく》を祈ることになるんだ、よし、それなら、源次郎が後の月の宴に参加するかしないか賭けようではないかと……」

まあ……、とおりきは苦笑した。

よい歳《とし》をした男が、そんなことを賭けるなんて……。

が、そう思った刹那《せつな》、はっと、と胸を突かれた。

生憎《あいにく》、十五夜は雨の月となってしまったが、月が出るその瞬間、計《はか》ったかのように雨が止《や》み、雲の割れ目からおぼおぼとした月明かりが水面《みなも》に向けて射《さ》し込んできたのである。

望月《もちづき》のように晴れ晴れしくはないが、儚《はかな》げな光は今にも消え入りそうで、なんとも幽明《ゆうめい》の境《きょう》へと誘《いざな》うかのように幻想的《げんそうてき》であった。

それを見て、源次郎は涙ぐんだのである。

「萩の隧道を通して雨の月の射し込む海を見ていると、ふっと、こずえが傍《そば》にいるような気がして……」

おりきは源次郎の耳許《みみもと》にそっと囁《ささや》いた。

「きっと、こずえさまは傍においでですよ。もしかすると、こずえさまが雨の月を見せて下さったのかもしれません、今宵《こよい》は雨月《うげつ》であっても不思議はなかったのですものね」

おりきはそのときのことを思い出したのである。

ああ、きっと、そうなのだ……。

並の者なら、愛《いと》しい女房の祥月命日には抹香《まっこう》の中で故人を偲《しの》ぶのであろうが、源次郎の胸の内には常にこずえがいるのである。

ならば、こずえと一緒に品《しな》の月を愛でたいと思うのではなかろうか……。

「さすがは沼田屋！　息子の気持が手に取るように解《わか》るのでしょうな……」

達吉がしみじみとした口調で言う。

「いえ、沼田屋さまだけではないでしょう。恐らく、真田屋《さなだや》さまも源次郎さまに後の月を愛でるようにと勧《すす》められたはずです。真田屋さまはこずえさまが病《やまい》の身と判《わか》っていて、源次郎さまを沼田屋から婿《むこ》に迎えられたのですもの……。祝言《しゅうげん》を挙《あ》げて僅《わず》か二月半《ふたつきはん》でこずえさまを亡くした源次郎さまに、抹香臭《まっこうくさ》さの中で過ごさせてはならないと思われたのではないでしょうか」

「そうでやすよね？　だから、俺は沼田屋と高麗屋が賭をしたとき、絶対に沼田屋の旦那が勝つと思ったんでやすよ」

潤三が鼻柱《はなばしら》に帆《ほ》を引っかけたような言い方をする。

「けど、こうして品の月見行事が終わってしまうと、なんだかちょいと寂《さみ》しいような気がしやすね」

達吉がふうと息を吐《つ》く。

すると、潤三が身を乗り出した。

「訊《き》いていいですか？　俺、先《せん》から不思議に思ってたんだが、品の月見行事って、正月と七月の二十六夜《にいざよい》、八月の十五夜、九月の後の月と四回あるってェのに、なんで正月の二十六夜にはこと更《さら》だって月見行事をしねえのかと……。立場茶屋おりきもそうだけど、堺屋にいた頃も、正月には月見客らしき客は来やせんでしたからね」

潤三が達吉の顔を窺《うかが》う。

「そりゃ、おめえ、正月は寒いからよ。極寒《ごっかん》の中で、風流に月を愛でる気になれると思うかえ？　尤《もっと》も、六夜客《ろくやきやく》といって、月待ちを口実に品川遊里にしけ込む客は別でよ。奴らの目的は月ではなくて、飯盛女《めしもりおんな》……。両本宿《りようほんじゆく》や歩行《かち》新宿《しんじゆく》の遊里を覗《のぞ》いてみな？　どこの見世《みせ》でも、六夜客で押すな押すなの大盛況でよ。その点、立場茶屋おりきの月見客は純粋に月を愛で、板頭の料理に舌鼓《したつづみ》を打つ客だからよ……。それで正月の二十六夜には、こと更だって月見の宴を設《もう》けてねえのよ」

「本当は、冬の月は冴《さ》え冴《ざ》えとしていて、それはそれで美しいのですがね。やはり、皆さま、寒さには敵《かな》わないようですわ」

「まっ、年に三回も月見をすれば上々ってなもんでやすがね。それで、さっき算盤《そろばん》を弾《はじ》いてみたんでやすが、今年三回の月見は例年より二割増しの収益が出ていやす」

達吉の言葉に、おりきが驚いたように目を瞠《みは》る。

「それはどういうことでしょう……。月見膳《つきみぜん》の質が落ちたようには思いませんが……」

「いえ、祝儀《しゅうぎ》が多かったのでやすよ。真田屋の旦那など、書出《かきだし》（請求書）の額に一両も心付《こころづけ》をつけて下せえやしたし、他の座敷でも二分《にぶ》、一分と書出の額に上乗せがあったばかりか、月見膳を仕出しした田澤屋《たざわや》からは、ご隠居が立場茶屋おりきの月見膳を頂《いただ》くのは恐らくこれが最後だろうからと、二分も心付を弾《はず》んで下せえやしたもんで……」

おりきはつと眉根《まゆね》を寄せた。

「最後になるとは……」

達吉が困《こう》じ果てたように、潤三に目をやる。

潤三は一瞬戸惑《とまど》った表情を見せたが、意を決したようにおりきに目を据《す》えた。

「実は、お庸《よう》さんの話では、この夏の暑さがご隠居には余程応《こた》えたようで、十五夜を過ぎた頃から極端《きよくたん》に食が細ったとか……。それで、田澤屋の旦那がご隠居を励《はげ》ます意味で、食べられなくてもいい、せめて板頭の料理を目で愉《たの》しむだけでもとお言いになり、ご自分も後の月は外出を控《ひか》えて、ご隠居や内儀、お庸さんといった女衆《おなごし》に付き合われたそうでやす。するてェと、それが嬉《うれ》しかったのか、ご隠居がどの料理にも箸《はし》をつけ、やっぱり立場茶屋おりきの料理はひと味違う、と涙を流されたそうでやしてね。その姿を見て、旦那もお庸さんも、ああ、ご隠居はもうあまり永《なが》くはないなと思われたそうで……。過分の祝儀はご隠居を悦《よろこ》ばせてくれたことへの感謝の気持が含まれているのではねえかと思いやす」

潤三は辛《つら》そうに目を伏せた。

八十路《やそじ》を超《こ》しても健啖家《けんたんか》だった、あのおふなが……。

おりきの胸が重苦しいもので塞《ふさ》がれていった。

おふなは佃煮屋《つくだにや》田澤屋伍吉《ごきち》の母である。

伍吉が急死した堺屋の家屋《かおく》を買い取り彦蕎麦《ひこそば》の隣に見世を出すまでは、おふなは洲崎《すさき》の別荘で隠遁生活《いんとんせいかつ》を余儀《よぎ》なくされていたが、田澤屋がここまで大店《おおだな》になるには、おふなの力なくしては叶《かな》わなかったのである。

何しろ、一介《いっかい》の海とんぼ（漁師）の女房だったおふなが佃煮作りの上手《うま》さで評判を呼び、品川宿《しながわしゅく》門前町《もんぜんちょう》に見世を構えるや、あれよあれよという間に、他の大店と肩を並べるまでになったのであるから……。

が、そうなると、息子の伍吉は途端《とたん》におふなが足手纏《あしでまと》いとなり、悠々白適《ゆうゆうじてき》の隠遁暮らしとは名ばかりで、無理矢理、嫌《いや》がるおふなを洲崎に追いやったのだった。

だが、そんな伍吉に変化が現れたのは、伍吉の還暦《かんれき》祝いが立場茶屋おりきで開かれたときである。

宴席《えんせき》に顔を連《つら》ねた中に、三田同朋町《みたどうぼうちょう》の乾物問屋《かんぶつどんや》七海堂《ななみどう》の主人金一郎《あるじきんいちろう》とその母七海《ななみ》の姿があった。

七海は二十年も前に亡くした息子の面影《おもかげ》を求めて時折徘徊《はいかい》するという惚《ぼ》け症状が出ていたのだが、金一郎はそんな母を恥《は》じるどころか、現在《いま》の七海堂があるのは女手一《おんなで》つで見世を護《まも》り、自分と弟を深い愛で支えてきてくれたお陰と公言して憚《はばか》らず、いそいそと七海の世話を焼いたのである。

その光景を見て、伍吉は我が身を恥じた。

「今宵《こよい》の七海さんと金一郎さんを見て、寝覚めの悪さに、慚愧《ざんき》の念に堪《た》えません。七海さんはご自分でもおっしゃったように、時折、自我を忘れて徘徊なさる……。それなのに、金一郎さんはそんな母親を優《やさ》しい目で見守り、決して、隠そうとはなさらない……。金一郎さんは日頃からおっしゃっていましたよね？　母は早くに夫を亡くし、女手一つで、見世や二人の息子を護《まも》ってきたのだ、現在《いま》の七海堂があるのは母のお陰と……。それは、あたしとて同様……。いえ、寧《むし》ろ、一介の海とんぼの女房が一から佃煮屋を立ち上げ、現在《いま》の田澤屋の基礎を築き上げたのですから、母にどんなに感謝してもまだ足《た》りないほどなのです。それがどうでしょう……。見世が軌道に乗った途端、母が足手纏いとなり、悠々自適の隠遁とは名ばかりで、一歩も外に出させないように、幽閉《ゆうへい》してしまったのですからね。あたしはなんて罰当《ばちあ》たりな男なのでしょう！　何はさておき、今宵の祝いの席に母を招くべきでしたのに……。七海さん、金一郎さん、そのことを教えて下さったお二人に感謝しますぞ！　早速《さっそく》、この脚《あし》で母を訪ねます。そして、これは様子を見てからの話ですが、表に連れ出せるようなら、いつか、母を立場茶屋おりきに連れて来てやりたいと思います……」

伍吉はそう言い、目から鱗《うろこ》が落ちたような表情をした。

それで、急遽《きゆうきよ》、祝いの席に列席できなかったおふなのために竹籠弁当《たけかごべんとう》を届けることになったのだが、おふなは心《しん》から嬉しそうな顔をして、巳之吉《みのきち》が作った弁当を食べたという。

その後、伍吉は堺屋の家屋を買い取ることになり、天涯孤独《てんがいこどく》の身となった堺屋栄太《えいた》朗《ろう》の女房お庸を引き取った。

そうして、堺屋の跡が田澤屋の見世として改築されるや、おふなとお庸は伍吉夫婦と共に暮らすようになったのである。

以来、おふな、お庸、七海は三婆《さんばば》と称《しょう》し、何度、巳之吉の料理に舌鼓を打ったことだろう。

しかも、昨年の後の月には、こずえが危篤《きとく》に陥《おちい》り沼田屋、高麗屋の予約が取り消しとなったため、急遽、三婆がそのお零《こぼ》れに与《あずか》ることになり、立場茶屋おりきの月見膳を堪能《たんのう》したのである。

おふなは齢《よわい》八十三……。

歳のわりには健啖家で、これまで何を出しても美味《おい》しいと目を細め余すことなく平《たい》らげていたのだが、やはり、歳には敵わないということなのであろうか……。

伍吉にもそれが解っているのである。

「では、おふなさんは病の床《とこ》に臥《ふ》しておられるのでしょうか」

知らなかったこととはいえ、おりきは居ても立ってもいられない気持になった。

「いえ、半臥《はんが》半生《はんしょう》とでもいうのでしょうか。が、起きているといっても家の中だけで、庭に出ることも出来なくなったそうで……」

潤三が鼠鳴《ねずみな》きするように呟《つぶや》く。

「そうですか……。では、午後からでもご機嫌伺《きげんうかが》いに行って参りましょう」

おりきがそう言うと、達吉は眉《まゆ》を開いた。

「それがようございます。巳之吉に言って、何か食の進みそうなものを作らせやしょう」


おふなは造築された二階家にいるのかと思ったら、母屋《おもや》でも一番見晴らしのよい応接間に床を取っていた。

中庭に面し、反対側には品川の海が一望《いちぼう》できるというまさに非の打ち所のない座敷で、一年半前、田澤屋の改築祝いはこの座敷で行われたのである。

その座敷を伍吉が母親の寝所《しんじょ》にしたとは、変われば変わったものである。

やはり、伍吉はおふながもうあまり永くないと悟《さと》り、最後の孝行をしようとしているのであろう。

「ご隠居さま、どなたがお見えになったと思います？」

　おりきを寝所まで案内していったお庸が、中庭側の廊下から声をかけ、障子《しょうじ》をするりと開く。

　おふなは海側の縁側で脇息《きょうそく》に片手を預け、海を眺《なが》めていた。

「いきなり、どなたが見えたかなんて言われても、あたしに判るわけがないじゃないか！」

　おふなは振り返ろうともせず、突《つ》っ慳貪《けんどん》な言い方をした。

　おりきがほっと安堵の息を吐く。

　良かった……。ここまで憎体口《にくていぐち》が利《き》けるのだもの、まだ当分お呼びはかかりはしないだろう……。

　そう思ったとき、おりきたちに背を向けたまま、おふながくんくんと大仰《おおぎょう》に鼻をひくつかせた。

「お待ちよ……。この匂袋《においぶくろ》の香《かお》りは……。そうだ、おりきさんだ！　ほォら、当たった……」

　おふなが振り返り、にっと笑って見せる。

　が、その瞬間、おりきの胸がきやりと揺《ゆ》れた。

おふなの顔が一回りも小さくなっていたのである。

目が窪《くぼ》み、頬骨《ほおぼね》が飛び出し、まるで髑髏《されこうべ》に皮膚が貼《は》りついたかのようではないか……。

おりきは慌てて頭を下げた。

「お加減《かげん》が勝《すぐ》れないと聞きましたものですから、お見舞いに参じました……。けれども、思ったより元気そうで、安堵いたしましたわ」

「またまた……。口が上手《うま》いんだから！　そう、腹にもないことを言うもんじゃないよ。窶《やつ》れちまっただろう？　けど、八十三にもなると窶れて当然、食も細くなって当然でね……。さして騒ぐほどのことでもないというのに、まっ、皆して大騒ぎをしてさ！　伍吉なんぞ、此の中、やけにあたしを大切にするもんだから、これは早いとこお迎えに来てもらえってことなのかなと僻《ひが》んじまってさ……」

おふなが片目を瞑《つぶ》ってみせる。

「まっ、ご隠居さまは口が減《へ》らないんだから！　駄目ですよ。おりきさんがおろおろしていなさるではありませんか」

お庸が幼児でも叱《しか》るかのように、めっとおふなを睨《にら》みつける。

そこに、伍吉の女房弥生《やよい》がお端女《はしため》を伴《ともな》い、茶菓《さか》を運んで来た。

弥生はおりきの前に茶台《ちゃだい》を置くと、深々と辞儀をした。

「おいでなさいませ。今日はまた、義母《はは》のために結構なお見舞いを頂《いただ》きまして、まことに有難《ありがと》うございます」

「此の中、食が進まないとお聞きしましたので、板頭とも相談したのですが、いかにも病人食といったものより、おふなさんに食べてみたいと意欲を湧《わ》かせる弁当のほうがよいのではということになりましてね」

おふなの金壺眼《かなつぼまなこ》がきらと光った。

「なに、弁当だって？　板頭があたしのためにわざわざ作ってくれたとあれば、それはなんとしてでも食べなきゃね。弥生、早く持って来ておくれ！」

「今……、今すぐにですか？　まだ八ツ半（午後三時）を廻《まわ》ったばかりではないですか……。少しお待ちになって、夕餉《ゆうげ》に上がれば宜《よろ》しいのに……」

弥生が困じ果てた顔をする。

「嫌だよ。今すぐに食べたいんだ。おりきさんの前で食べなきゃ、あたしがどんな表情をして食べたか板頭に報告できないじゃないか！　ねっ、おりきさん、そうだよね？」

おふなに睨《ね》めつけられ、おりきは苦笑した。

「そうですわね。板頭に報告という意味ではなく、おふなさんは食が細っていなさるのですもの、食べたいと思ったときに食べるほうが身につくのではないかと思います……」

おりきがそう言うと、お庸も頷《うなず》く。

「あたしもそう思いますよ。日に三食というのは健常な者に言うことで、体力が弱り食の細くなった者には、日に何度も分けて食べさせればよいのですものね」

「じゃ、決まりだ！　さっ、早く持って来ておくれ」

おふなが嬉しそうに胸前で手を合わせる。

こんなところは、健啖家だった頃のおふなと少しも変わらない。

お端女が弥生に言われて、下がって行く。

「先日の月見膳はいかがでした？」

おりきが訊《たず》ねると、お庸が弥生と顔を見合わせ相好《そうごう》を崩《くず》す。

「この座敷で、家族全員が膳を囲み後の月を愛でたのですがね。月も見事でしたし、何より、板頭の月見膳には皆が感激いたしましてね。仕出しというから重箱《じゅうばこ》にでも詰められてくるのかと思ったら、立場茶屋おりきで頂くのとちっとも変わらないのですもの……。客室がそっくりこの座敷に越《こ》してきたみたいで、旦那さまもまさかここまでしてくれるとはとお悦びになっていました」

「それに、これまで何をお出ししても、食べる気がしない、疲れた、とすぐに箸を投げ出されたお義母《かあ》さまが、どの料理にも箸をつけ、半分以上も食べて下さったのですものね！」

「そりゃ、板頭の料理だもの……。弥生やお端女が作ったものとは全然違うさ！　それにさ、板頭の料理って、盛りつけが乙粋《おついき》だろ？　見るだけでも溜息《ためいき》が出るというのに、見ていると、食べてくれ、食べてくれって料理のほうが誘《さそ》いかけてくるようでさ……」

「それはようございました。巳之吉もそれを聞いたら悦ぶことと思います」

おりきがそう言ったとき、竹籠に盛られた弁当が運ばれてきた。

蓋《ふた》を開けると、手前に瓢簞《ひょうたん》を象った竹籠《かたど》……松茸《まつたけ》ご飯が、そして、鯛《たい》の子の含ませ煮、車海老《くるまえび》の旨煮《うまに》、出汁《だし》巻玉子《まきたまご》、真名鰹《まながつお》の幽庵焼《ゆうあんやき》、八幡巻《やわたまき》、小芋《こいも》の含ませ煮、茄子《なす》の味噌《みそ》田楽《でんがく》、鮭《さけ》の幽庵焼、諸子《もろこ》甘露煮《かんろに》、栗《くり》と銀杏《ぎんなん》の蜜煮《みつに》が……。

そのところどころに、絹莢《きぬさや》や銀杏《いちょう》を象った甘藷芋《かんしょいも》、菊の葉が飾られていて、恰《あたか》も竹籠の中から秋の声が聞こえてくるかのようだった。

そして、椀物《わんもの》が鱧《はも》と松茸の清《す》まし仕立て……。松葉《まつば》柚子《ゆず》と三つ葉が散らしてある。

「これは……」

おふなは感激のあまり、絶句した。

「………」

が、あまりにも長い沈黙に、皆がおやっと訝《いぶか》しそうにおふなを見る。

なんと、おふなの頰《ほお》をはらはらと大粒の涙が伝っているではないか……。

「ご隠居さま……」

「お義母《かあ》さま！」

「おふなさん、どうなさいました？」

三人はそれぞれに声をかけた。

おふなは胸の間《あわい》から懐紙《かいし》を抜き取ると、そっと涙を拭《ぬぐ》った。

「先に、伍吉が土産《みやげ》と言って、初めて立場茶屋おりきの料理を持って来てくれたときのことを思い出しちまってさ……」

「ああ……。確か、うちの男《ひと》の還暦祝いのときでしたよね？　ほら、おりきさん、あのときですよ。お義母《かあ》さまがまだ洲崎の別荘にいらっしたときで、還暦の祝いの席に呼ばなかったものだから、急遽、板頭に頼んで弁当を作ってもらったのを憶《おぼ》えておいでになるでしょう？　確か、あのときも竹籠弁当……。現在《いま》そのときのことを思い出されたとは、お義母《かあ》さまはよほど嬉しかったのでしょうね」

弥生がおりきに目まじしてみせる。

「そうでしたわね。夕餉の時刻はとっくに過ぎていましたので、翌日の朝餉《あさげ》で食べていただけたらと思ったのですが、あとで聞いた話では、その夜殆《ほとん》ど食べてしまわれたとか……」

おりきも目を細める。

「だって、どんなに美味しい料理でも、ひと晩置いたら不味《まず》くなるじゃないか……。それでは、せっかく作ってくれた板頭に済まないと思ってさ。ええ、お陰さまで美味しく頂きましたよ。いえね、あたしがつい涙ぐんでしまったのは、あれを境《さかい》に、伍吉のあたしに対する態度が違ってきたことでさ……。何もかも、七海堂の七海さん、金一郎さん、そして、おりきさんのお陰です。有難うよ。あたしはもう何も思い残すことはありません。一介の海とんぼの女房だったあたしが佃煮屋を立ち上げて、伍吉が更に見世を大きくしてくれたんだもんね……。そりゃ、一時期、寂しい想《おも》いをしたこともありましたよ。けど、皆さんのお陰で、こうして醤油《しょうゆ》の匂《にお》いのする場所に戻ってこられて、こうして皆から大事にされているんだもの、これ以上の幸せがあろうか……」

おふなは改まったように一人一人の顔を見廻し、感慨《かんがい》深そうに言った。

「ご隠居さま、さっ、早く召し上がって下さいな。せっかくのお汁《つゆ》が冷《さ》めてしまいますわよ」

お庸に促《うなが》され、おふなが椀物を手にする。

「ああ、よい香りだ……。なんだか、あたしだけ食べるのは悪いみたいだね」

「あら、お義母さま、どうしても今すぐ食べたいとおっしゃったのは、お義母さまではないですか！」

「そうですよ。これは、ご隠居さまへの見舞いなのですから、気を兼ねることなく召し上がって下さいな」

弥生とお庸に言われ、おふなはちょいと肩を竦《すく》めた。

「なに、ちょいと遠慮《えんりょ》してみせただけさ。ああ、頂きますよ」

おふなが鱧を口に含む。

そうして、おふなの箸は車海老の旨煮へ、真名鰹の幽庵焼へと……。

が、竹籠の中身がまだ半分も減っていないというのに、おふなの箸が止まった。

「あら、もう？」

弥生が眉根を寄せる。

「だって、おまえたちが物欲《ものほ》しそうな顔をして瞠《みつ》めていると思うと、食べ辛くってさ……。残りはまたあとで食べるから、取っておいておくれ」

おふなは照れ隠しのつもりか、そう毒づいた。

「じゃ、お茶を淹《い》れましょうね」

お庸がいそいそと茶の仕度《したく》をする。

「おりきさん、板頭に礼を言っておいておくれ。一度に食べてしまうのは勿体《もったい》ないから、小分けにして頂くことにしたけど、鱧と松茸の清まし汁は喉《のど》が洗われるようで、元気を貰《もら》いましたとね……」

おふながおりきを瞠め、寂しそうに笑《え》みを浮かべる。

おりきの胸がじくりと疼《うず》いた。

少し前まで、このくらいの弁当は瞬《また》く間に平らげたおふなである。

が、おりきはふわりとした笑みを湛《たた》えると、

「解りました。巳之吉もさぞや悦ぶことと思います」

と言った。

そうして、そろそろ泊まり客の出迎えの準備をしなければならないおりきが席を立つと、送りに出たお庸が耳許で囁いた。

「今日はあれでも随分《ずいぶん》と食べられたのですよ。きっと、おりきさんや板頭の気扱《きあつかい》が嬉しかったのだと思います」

「素庵《そあん》さまはなんと？」

「別にこれといった病の症状は見受けられないそうですの。ただ、なんといっても高齢《こうれい》なので……。けれども、口だけは相変わらず達者《たっしゃ》で、旦那さまはお袋《ふくろ》が悪態《あくたい》を吐いている間はまだ大丈夫だなんて言われているんですけどね」

お庸は街道まで見送りに出て来ると、ふと、真剣な眼差《まなざ》しでおりきを見た。

「おりきさん、聞いていただけますか？」

おりきが驚いたように目を瞬《しばたた》く。

「何か……」

「ご隠居さまのあの様子では、いつ何があってもおかしくはないと……。いえ、このことはあたしだけでなく皆が覚悟していることなのですが、そうなると、あたしはこの先どうしたものかと思い屈《くっ》しているところでしてね」

お庸はそこで言葉を切ると、ふうと肩息《かたいき》を吐いた。

いつ何があってもとは、おふなが亡くなるということだろう。

「お庸さんがこの先どうするとは？」

おりきが訊ねると、お庸は寂しそうに片頬を弛めた。

「亭主に死なれ、身寄りのなかったあたしは、おふなさんの世話をするという名目《めいもく》で、田澤屋の厄介《やっかい》になることになりました。ですから、おふなさんにもしものことがあれば、あたしはもうここにいる理由がなくなってしまいます。その場合、あたしは一体どうしたものかと、此の中、そのことばかり考えているのですが、なかなか答えが見つかりません……」

「田澤屋さまはなんとおっしゃっているのですか？」

「いえ、そのことについては、まだ何も……。あたしも怖《おそ》ろしくて口に出せないのですよ。と言うのも、この家を田澤屋に譲渡《じょうと》した時点で、あたしは大金を頂いています。その中から、永年《ながねん》堺屋のために尽くしてくれた番頭や店衆《たなし》のために新《あら》たに見世が出せるだけの金を与えましたが、それでも、この先あたしが生きていけるだけの纏《まと》まった金が残っています……。普通に考えれば、どこかに小体《こてい》な仕舞《しも》た屋を買い求め、残りの人生を静謐《せいひつ》に送るべきなのでしょうが、なんだか、この歳になってたった一人世の中に放り出されるような気がして、心細くて堪《たま》らないのです」

「では、お庸さんはおふなさんに万が一ってことがあったとしても、これから先もここにいたいとお思いなのですね？　だったら、迷うことはありませんよ。田澤屋さんも役目が終わったのだから出て行けとは言われないでしょう。だって、ここの改築をなさったとき、おふなさんとお庸さんのためにわざわざ二階を造築なさったのですもの……。田澤屋さまは家族の一員として、お庸さんを迎えられたのだと思いますよ」

「家族の一員といっても、あたしは親戚でもなんでもないのですもの……。これまではおふなさんの世話をするという名目があったけど、これからはただの居候《いそうろう》……。それでは肩身《かたみ》が狭《せま》く、田澤屋さんにも申し訳が立ちません」

おりきは苦笑した。

「お庸さん、よく考えてごらんなさい。おふなさんの世話をするといっても、おまえさま、これまで何をなさいました？　食事の仕度や掃除、洗濯といったことは、田澤屋に何人もいるお端女の役目ではありませんか？　おまえさまの務《つと》めは、おふなさんの話し相手……。だったら、これからは弥生さんの話し相手になると思えばよいのですよ。弥生さんはね、おふなさんとお庸さんが実の母娘《おやこ》のように睦《むつ》まじくしているのを見て、羨《うらや》ましがっておられましたよ。恐らく、弥生さんもその中に入っていきたかったのでしょう。けれども、弥生さんは嫁の立場ですのでそうもいかなかった……。ですから、これからはお庸さんが弥生さんの友、いえ、姉妹としての関係を築けばよいのではないかと思いますよ」

「弥生さんと姉妹……」

お庸が目をまじくじさせる。

「ええ、きっと、よい関係が築けると思いますよ。無論、旦那さまにも異存はないでしょう。寧ろ、商《あきな》いで繁多《はんた》な旦那さまには、お庸さんが弥生さんの支《ささ》えとなってあげることをお望みでしょう。女《おな》ごは女ご同士……。女ごもひと年取れば、殿方より女ごのほうがどれだけ心強く思えることか……。ねっ、ですから、現在《いま》から取り越し苦労をすることはないのですよ。なるようになるさ、と泰然《たいぜん》と構えていればよいのですよ！」

おりきはお庸を励ますように、ふっと微笑《ほほえ》んだ。


旅籠《はたご》に戻ると、庭箒《にわぼうき》を使っていた下《げ》足番《そくばん》見習の末吉《すえきち》がおりきの姿を認め、玄関の中に声をかけた。

「女将さんがお戻りでやす！」

すると、達吉が帳場の連子《れんじ》窓《まど》から顔を覗かせ、早く早くと手招きをした。

まっ、達吉ったら……。

おりきが苦笑しながら帳場に入って行くと、達吉が意味ありげに、にたりと嗤《わら》った。

どうやら、後《うし》ろ手に何かを隠しているようである。

「何が届いたと思いやす？」

「何って……。なんですか、大番頭さんは！　おまえがそんな仕種《しぐさ》をするとは、さては、三吉《さんきち》からの文《ふみ》……。ねっ、そうなのでしょう？」

おりきがそう言うと、途端に、達吉は尻毛《しりげ》を抜かれたような顔をした。

「なんで判りやすんで？」

「その思わせぶりな態度を見れば判りますよ。だって、わたくしが心待ちにしているのは、三吉からの文ですもの……。そんなことは、立場茶屋おりきの店衆なら誰だって知っていますわ」

すると、達吉は鬼の首でも取ったかのような顔をして、人差し指を振ってみせた。

「ところが、これがただの文じゃねえときた……」

えっと、おりきが目をまじくじさせる。

「もう、なんですか！　勿体をつけないで言って下さいよ」

へへっと達吉が首を竦め、後ろ手にした手を前に戻した。

なんと、達吉は筒状《つつじょう》のものを手にしているではないか……。

「それは……」

おりきがそう言うと、達吉は帯に挟《はさ》んだ封書をひょいと抜き取った。

「飛脚《ひきゃく》がこれと一緒に文を届けてきやしてね。差出人が加賀山三米《かがやまさんべい》とあったもんだから、筒の中身はなんだろうかと気になってならないもんだから、封書の中を確かめさせてもらいやした……。するてェと、この春、三吉が帰《けえ》って来たとき、あすなろ園で子供たちを生写《しょううつ》しをしたあのときの絵が完成したんで、あすなろ園に飾ってほしいと書いてあるではないですか……。いや、あっしはまだ絵を見てはいやせんよ。女将さんがいねえのに、そんなことが出来るわけがねえ！　けど、一時《いっとき》も早く絵を見てみたくてよ……。それで、女将さんの帰《けえ》りをまだかまだかと首を長くして待っていやしたんで……」

おりきが文に目を通す。

文には、もっと早く描《か》き上げるつもりだったのだが、何しろ加賀山竹米《ちくべい》の母親が営《いとな》む小間物屋の手伝いをしながらの作業なので、完成するのに些《いささ》かときが経《た》ってしまったが、やっと納得のいく仕上がりとなったので、あすなろ園に飾ってもらえれば嬉しく思う、とあり、その後、竹米の母操《みさお》の病状は小康《しょうこう》を保《たも》っているので安心してほしい、この次品川宿に戻れるのはいつになるか判らないが、おきちのことをくれぐれも宜しく頼む、と続いていた。

三吉の筆跡《ひっせき》は見る度《たび》に上達し、これなら絵師の端《はし》くれとして揮毫《きごう》に加わっても恥ずかしくはないだろう。

可愛《かわい》い子には旅をさせろとは、よく言ったものである。

おりきの胸がぽっと温かいもので包まれていった。

「さっ、早く中を開けて見やしょうぜ！」

達吉が待ちきれないといった顔をする。

おりきが筒の蓋を開け、そっと中の巻紙《まきがみ》を取り出し広げてみる。

「おお、これは……」

「まっ、なんと見事な！」

「きっと、これが勇次《ゆうじ》でやすぜ！　あいつ、悠基《ゆうき》の顔に落書《らくがき》してやがる……。それに、これがみずき……。てこたァ、これは……。あっ、そうか、なつめか……。あのとき、なつめはまだあすなろ園にいたんだよな。それにしてもどうでェ……。子供たちの活き活きとした顔！　今にも絵の中から飛び出して来そうじゃねえか……」

達吉が感心したように呟く。

その実、三吉はきびきびとしたあすなろ園の日常を描《えが》き出していた。子供たちの顔も、貞乃《さだの》、キヲ、榛名《はるな》の姿までが、まるで生きてそこにいるかのようなのである。

勇次に落書され、泣きべそをかきそうな悠基の顔……。

いかにも悪戯坊主《いたずらぼうず》といった表情の勇次……。

みずきなど、なつめより歳下《としした》だというのに鼻柱に帆を引っかけたような顔をして、なつめに筆の使い方を教えている。

そして、おせんはといえば、覚束《おぼつか》ない手つきで茜《あかね》を抱えてあやしているし、その傍で大欠伸《おおあくび》しているのが、おいね……。

貞乃がそんな子供たちを目を細めて見守り、キヲが海人《かいと》の襁褓《おしめ》を替《か》えている。

そして、ここが三吉の凄《すご》いところで、小中飯《こじゅうはん》（おやつ）を盆に載《の》せて子供部屋に入って来ようとした榛名が躓《つまず》きかけた場面を、見事に描いているのだった。

榛名が盆の上のものを落とすまいと、慌てふためいている様子が手に取るように伝わってくる。

一枚の絵にそれらが見事に描き出され、あすなろ園の日常を鮮明《せんめい》に再現して見せているのだった。

しかも、三吉がこれを描いていたときには墨《すみ》だけの生写しだったが、こうして彩色《さいしき》されてみると、絵に血が通ったかのように活き活きとして見えるではないか……。

「背景の色を金泥《きんでい》にしたとは、三吉もなかなか粋《いき》なことを……。これで全体に重みが出やしたね」

達吉が感心したように言う。

「どうやら、三吉は浮世絵《うきよえ》の影響を受けたようですね」

おりきがそう言うと、達吉が訝しそうな顔をする。

「けど、竹米さまはどちらかといえば琳派《りんぱ》（尾形光琳《おがたこうりん》など）……。それなのに、浮世絵の影響を受けてもいいんでしょうかね」

「琳派は狩野派《かのうは》のように師弟《してい》関係に縛《しば》られていませんからね。各々《おのおの》が独立した存在……。この前逢《あ》ったとき、三吉は現在《いま》はなんでも吸収したいときだが文人画《ぶんじんが》に強く惹《ひ》かれた、と言っていましたからね。なんでも与謝蕪村《よさぶそん》の鳶鴉図《とびがらすず》に衝撃を覚えたとかで、いつの日にか、自分も蕪村のような洒脱《しゃだつ》な俳画《はいが》が描けるようになりたいとか……。けれども、それにはまだまだ人としての修業を積まなければなりませんからね。そこに辿《たど》り着くまでの一環《いっかん》として、人々の生業《なりわい》を描いた浮世絵の手法を学ぶのもよいことかと思います」

「なんと、三吉も成長したものよ。けど、あいつが次第《しでえ》に手の届かねえ存在となるのかと思うと、少しばかり寂しいような……」

達吉が肩息を吐く。

「まっ、大番頭さんは！　三吉が成長するのは悦ばしきことではありませんか。三吉は耳が聞こえないという不利な条件にめげることなく、文人墨客《ぶんじんぼっかく》の仲間に加わろうとしているのですもの、わたくしたちは出来る限りのことをして、支えになってやること以外にありません」

「じゃ、早速、子供たちに絵を見せてやろうではありませんか！」

おりきは暫《しば》し考え、頷いた。

「表装《ひょうそう》するのが先だと思いましたが、そうですね。先に見せてやりましょう。額装《がくそう》するのはそれからでも構わないでしょうから……」

「と言っても、そろそろ泊まり客が着く頃かと……。子供たちに見せるとなると、行きのすぐに戻って来るわけにはいきやせんからね。やはり、先に経師屋《きょうじや》に出すのが賢明《けんめい》と思いやすが……。大丈夫《でえじょうぶ》でやす。これからすぐ、末吉にみや古屋《こや》の番頭を呼びにやらせやすんで……」

達吉がおりきを窺う。

成程、達吉の言うとおりである。

現在《いま》、子供たちに絵を見せれば、絵姿《えすがた》（モデル）になった者の人物当てを始め、似ている似ていないと喧々囂々《けんけんごうごう》……。

とてものこと、四半刻《しはんとき》（三十分）ほどでは旅籠に戻って来られないであろう。

「そうですね。では、表装するのを先に致しましょう。みや古屋が来たら、声をかけて下さいな」

「へい」

達吉が帳場を出て行く。

「女将さん、宜しいでしょうか」

板場側の障子の外から、巳之吉が声をかけてくる。

恐らく、弁当のことで、おふながどんな反応を見せたのか聞きに来たのであろう。

「お入り！」

障子がするりと開いて、巳之吉が顔を出す。

「田澤屋のご隠居の容態《ようだい》はいかがでやした？」

「そんなところにいないで、中にお入りなさい」

巳之吉が帳場の中に入って来る。

「お茶を一杯飲むくらいの余裕《ゆとり》はあるでしょう？」

「へい。粗方《あらかた》、下拵《したごしら》えは済んでやすんで……」

おりきが巳之吉のために茶を淹れてやる。

「それが、おふなさんが存外に元気そうなので安堵しましたのよ。てっきり臥しておられると思っていたのに、起きておられましたしね。尤《もっと》も、おふなさんは気丈《きじょう》な方なので、無理して起きておられたのかもしれません……。巳之吉の竹籠弁当も大層悦んで下さいましてね。あの方が巳之吉の料理を食べられたのは田澤屋の旦那さまの還暦祝いのときが初めてで、あのときは、祝いの席に列席できなかったおふなさんのために、急遽、竹籠弁当を仕度しましたでしょう？　おふなさんね、そのときのことを思い出されたみたいで、涙ぐんでいらっしゃいました。あれを契機《けいき》に、息子が孝行してくれるようになったと……」

「さいですか……。そう言えば、あのときも竹籠弁当でやしたね。あっしはそんなことは意識せずに作ったのでやすが……。では、食が進まなくなったと聞いてやしたが、少しは食べてもらえたということ……」

「以前のような食べっぷりとはいきませんでしたがね。けれども、中食《ちゅうじき》と夕餉の間ですもの、小中飯と考えれば、三分の一ほど召し上がっていただけたのですもの、上々でしょう。残りは夕餉として頂くと言われていましたしね。そうそう、鱧と松茸の清まし仕立てを、喉が洗われるようで元気を貰えた、と巳之吉に伝えてくれと……」

が、おふなからの伝言に悦ぶと思っていた巳之吉が、つと顔を曇《くも》らせた。

「少し前《めえ》までのおふなさんなら、あれくれェの弁当はぺろりと平らげておいでやしたのに……。人って、ものが食えなくなったら極端《きょくたん》に弱るといいやすからね。元々食が細いというのであれば別だが、歳のわりにはご隠居が健啖家だっただけに、案じられてなりやせん……。それで、声は？　声はどうでやしたか？」

巳之吉が食い入るように、おりきを瞠める。

「声といいますと、張りがあったかどうかということですか？」

「へい」

あっと、おりきは息を呑《の》んだ。

おふなは海とんぼの女房だったというだけあって、女ごにしては野太《のぶと》くよく通る声をしていたが、言われてみれば、どこかしら弱々しく聞こえたように思う。

取ってつけたように憎体口《にくていぐち》を叩《たた》いたのも、気弱になった自分を鼓舞《こぶ》するためだったとは考えられないだろうか……。

「どうしやした？」

巳之吉はおりきが眉根を寄せたのを見逃《みのが》さなかった。

「いえね、おまえに言われるまで、そのことに気づかなかったことを恥じていたのですよ」

おりきがそう言うと、巳之吉が気遣《きづか》わしそうな顔をする。

「するてェと、思った以上にご隠居は弱っておいでのようですね」

「おまえもそう思うのですね。せっかくよい方とお近づきになれたと思っていたのに、別れの秋《とき》が近づいているのかと思うと、居たたまれない想いです」

「あっしにしても同じでやす。あっしが三婆の会食をどれだけ愉《たの》しみにしていたか……。次は何をお出ししようかと献立《こんだて》を考えるだけで胸が弾むようでやしたが、もうそれが出来なくなるのかと思うと、寂しくて堪りやせん」

「せめて、最後に、七海さんを交《まじ》えて、立場茶屋おりきで食事をしていただくことが出来たらと思いますが、恐らく、叶わぬことなのでしょうね」

おりきがふうと太息《ふといき》を吐くと、巳之吉も倣《なら》ったかのように溜息《ためいき》を吐いた。

が、はっと我に返ると、じゃ、あっしは板場に戻りやすんで……、と巳之吉が会《え》釈《しゃく》をする。

巳之吉が帳場を去り、たった一人となったおりきの胸を、じわじわと重苦しいものが塞いでいった。

下足番の善助《ぜんすけ》が去り、こずえ、おきわの母おたえと立て続けに去っていき、今また、おりきの傍をおふなが去っていこうとしているのである。

「何もかも、七海堂の七海さん、金一郎さん、そして、おりきさんのお陰です。有難うよ。あたしはもう何も思い残すことはありません。一介の海とんぼの女房だったあたしが佃煮屋を立ち上げて、伍吉が更に見世を大きくしてくれたんだもんね……。そりゃ、一時期、寂しい想いをしたこともありましたよ。けど、皆さんのお陰で、こうして醤油の匂いのする場所に戻ってこられて、こうして皆から大事にされているんだもの、これ以上の幸せがあろうか……」

おふなの言葉が甦《よみがえ》った。

ああ……、おふなも自分の死が近いことを悟っているのだ……。

そう思うと、堪らない気持になった。

「女将さん、三河《みかわ》の金剛堂《こんごうどう》さまご一行がお着きでやす！」

玄関のほうから、下足番の吾平《ごへい》の声が聞こえてくる。

おりきは身繕《みづくろ》いすると、帳場を後にした。

三河の古物商《こぶつしよう》金剛堂、佐野屋《さのや》、仏法堂《ぶつぽうどう》一行に続いて次々に泊まり客が到着し、おりきは出迎えを済ませると、一旦、帳場へと引き返した。

帳場にみや古屋の番頭を待たせていたのである。

みや古屋の番頭悦三《えつぞう》は畳《たたみ》の上に三吉の絵を広げ、憑《つ》かれたように見入っていた。

「あっ、女将さん……。なんとも大した絵ではございませんか！　これは先《せん》にあたくしどもで茶掛《ちやがけ》を作らせていただいた、あの加賀山三米さまの手になるものでございますね。あのときは水墨画《すいぼくが》でしたが、こうして彩色された絵を拝見すると、また一段と腕を上げられたようですな……。子供たちの表情が実に活き活きとしていて、まるで、今にも動き出しそうではないですか！　翌檜童図《あすなろわらべず》……。するてェと、ここに描かれている子供たちは女将さんがお作りになったというあすなろ園の子供たちということ……」

悦三が顔を上げ、興奮したように言う。

「翌檜童図……。えっ、どこでその名を……」

おりきが驚いたように目を瞬くと、悦三がとほんとした顔をする。

「えっ、違いますか？　絵の裏に記《しる》されていたものだから、あたしはてっきりそうだと思ったのですがね……」

「絵の裏に……」

おりきが怪訝《けげん》な顔をして、裏を返してみる。

なんと、右端に小さく、翌檜童図、と記されているではないか……。

どうやら、絵の出来栄《できば》えに見とれてしまい、裏面にまで目が届かなかったようである。

それにしても、翌檜童図とは……。

明日は檜《ひのき》になろう、と成長する翌檜……。

その想いを込めて、養護施設にあすなろ園という名をつけたのだが、三吉はおりきのそんな想いをしっかりと解ってくれていたのである。

「表面に雅号《がごう》と共に記せばよいものを、いかにも三吉らしいですわ」

「大番頭さんからお聞きしましたが、三米さまはまだ十八だとか……。恐らく、謙遜《けんそん》のつもりで画題を表面に記すのを憚られたのだと思います。それにしても、大した腕だ！　これは先々愉しみなことで……。それで、これはいかが致しやしょう。絵の尺寸《しゃくすん》から考えるに、これは屏風《びょうぶ》か衝立《ついたて》にするのが宜しいかと……」

悦三がおりきに目を据える。

おりきの脳裡《のうり》に、一双《いっそう》の屏風となった翌檜童図がつっと過《よ》ぎり、続いて、衝立が……。

成程、屏風か衝立にすると、また一段と見応《みごた》えがするだろう。

だが、問題は置き場所である。

旅籠に飾るというのであればまだしも、あすなろ園に置くつもりなので、子供たちが遊びの最中《さなか》に勢い余って破損することも考えなければならない。

かといって、遊びたい盛りの子供たちに大人しくしていろというのは酷《こく》な話で、勇次など四半刻《しはんとき》（三十分）も辛抱《しんぼう》できないであろう。

「これはあすなろ園に置かれるおつもりで？」

おりきが逡巡《しゅんじゅん》しているのを見て、悦三が問いかけてくる。

「ええ、そのつもりなのですが……」

「ならば、額装になさいませ。子供たちには手の届かない、少し高い位置にかけておけば、滅多《めった》なことはないと思いますので……」

「今、わたくしもそう考えていましたの。壁にかけておけば、いつでも子供たちの目に触《ふ》れるのですものね。では、額装するということで、あとはお委《まか》せ致します」

「解りました。額の素材は木目《もくめ》が美しいので欅《けやき》がようございましょうな」

「それでお願い致します」

みや古屋の番頭が帰って行き、おりきは客室の挨拶《あいさつ》のために着物を着替えた。

そうして、松風《まつかぜ》の間から挨拶を始め、浜木綿《はまゆう》の間へと廻った。

丁度、二の膳が出たばかりのところである。

「金剛堂さま、佐野屋さま、仏法堂さま、お久しゅうございます。予約の文を頂いてからというもの、お逢い出来る日が待ち遠しく、首を長くしてお待ちしていました。ようこそお越し下さいました」

おりきが深々と頭を下げる。

「おっ、女将、今も話していたのだが、あたしと仏法堂はこの前ここに来たのが五年以上も前のこと……。ところが、金剛堂は内儀《かみ》さんを連れて来たというではないか！　こいつ、抜け駆けをするとは……。たった今、狡《ずる》いではないかと責め立てていたところでしてね」

佐野屋万兵衛《まんべえ》がわざとらしく唇をへの字に曲げてみせる。

「莫迦なことを！　何が抜け駆けだよ。なっ、女将、あのときは家内の実家《さと》で祝事《いわいごと》がありり、それで江戸に出ることになったんだよな？」

金剛堂杉右衛門《すぎえもん》が救いを求めるかのように、おりきを見る。

「ええ、そうでした。金剛堂さまが品川宿門前町に立場茶屋おりきという料理旅籠《りょうりはたご》がありり、そこに寄るのが江戸行きの愉しみの一つと常々話されておられたとかで、それで、よい機会だから、是非《ぜひ》、自分も連れて行ってほしいと頼まれたそうなのですよ」

「いや、仮にそうであったとしてもだ、こいつ、今の今までそのことをあたしたちに話さなかったのだからよ……。あたしが先付《さきづけ》に出た百合根羹《ゆりねかん》が美味《うま》かったと言ったもんだから、こいつ、この前来たときうちの家内が感激してよ、とつい口を滑《すべ》らせたんだからよ。それならそれで、何故《なぜ》、これまであたしたちに秘密にしてたのだよ！」

万兵衛が恨《うら》めしそうに杉右衛門を睨めつける。

「はて、言ってなかったっけ？　てっきり、話したと思ったんだがよ」

「話すわけがないだろうに！　おっ、待てよ。女将、この前連れて来たというのは、本当に金剛堂の内儀《ないぎ》に違いないんだろうね？　こいつ、結構人《けつこうじん》（出来た人）の顔をして、これでなかなか隅《すみ》に置けない……。愛妾《めかけ》を囲っていたのは三河じゃ周知《しゆうち》のことでよ。知らぬは女房ばかりときた！　なっ、仏法堂、おまえさんだって知ってるだろう？」

「ああ、知ってるぜ。が、確か、その女ごも死んだとか……」

仏法堂がちらと杉右衛門を窺う。

杉右衛門が挙措《きょそ》を失い、なんとかしてくれとばかりにおりきを見る。

「まあ、皆さん、なんでしょうね。そんなことをいってはお三津《みつ》さまに失礼ではありませんか！　ええ、二年ほど前に金剛堂さまがお連れになったのは、確かに、内儀のお三津さまですことよ」

おりきがやんわりと窘《たしな》めると、万兵衛は目をまじくじさせた。

「お三津って……。女将が金剛堂の女房の名を知っているということは、じゃ、連れて来たのは間違いなく内儀ってことか……」

杉右衛門がほっと眉を開く。

「ほら、ごらんなさい！　女将の前であたしに恥《はじ》をかかせるものではありませんよ。それより、このお造《つく》りの美味《うま》いこと！　伊勢海老《いせえび》の洗いに赤魚《あこう》の霜造《しもづく》り……。市松大根《いちまつだいこん》が添《そ》えてあり、菊花《きっか》が散らしてあるのがいかにも秋らしく、心憎《こころにく》いではないか」

杉右衛門は話題を変えようと懸命《けんめい》である。

すると、万兵衛たちもすっと話に乗ってきた。

「お品書《しながき》を見ると、次は椀物に焼物《やきもの》……。なになに、椀物が鱧と松茸で、焼物が塩釜《しおがま》焙烙焼《ほうろくやき》とな？　車海老、結び鱚《きす》、蛤《はまぐり》、松茸、銀杏とあるが、これらを焙烙で焼いてあるということなのかえ？」

　万兵衛がおりきに訊ねる。

　巳之吉がおりきに見せるのは絵付きのお品書なので、どんな状態で客に出されるのか手に取るように判るのだが、客用のお品書には料理と食材しか書かれていない。

　それで、万兵衛にはピンと来ないのであろう。

　おりきは微笑んだ。

「焙烙の上に塩を敷《し》き詰め、更にその上に松葉を敷き、お品書に書かれている食材を載せて蓋をして蒸《む》し焼きに致します。それを酢橘《すだち》と二杯酢で食べていただきますが、香りが中に閉じ込められるため、それはそれは芳《こう》ばしく、秋の味覚を存分に愉しんでいただけるかと思います」

　杉右衛門がごくりと生唾《なまつば》を呑む。

「そいつは美味そうだ！　やはり、この季節に来て良かったよ」

「では、皆さま、存分に秋の宵をお愉しみ下さいませ」

　おりきが辞儀をして、浜木綿の間を去ろうとする。

　その刹那《せつな》、杉右衛門と目が合った。

　杉右衛門が目まじする。

その目は、お三津を庇《かば》ってくれて有難うと言っているようだった。


とは言え、帳場に戻ってからも、おりきの胸はどこかしらすっきりとしなかった。

この前、杉右衛門が連れて来たのは間違いなく内儀のお三津なのであるが、実は、その三年前、杉右衛門は愛妾のお優《ゆう》を女房と偽《いつわ》り連れて来ていたのである。

まさか、そのことをわざわざ佐野屋や仏法堂に暴露《ばら》す必要はないのだが、彼らの前でお優のことを知らない振りで徹《とお》したことが、どうしても、おりきを忸怩《じくじ》とした想いに陥らせてしまうのだった。

杉右衛門にしてみれば、立場茶屋おりきの者は誰も女房の顔を知らないので、お優を女房と偽っても差し障《さわ》りはないと思ったのであろう。

ところが、三年後、お三津が自分も立場茶屋おりきに連れて行けと言い出したのであるから、青天《せいてん》の霹靂《へきれき》とはまさにこのこと……。

それであのとき、杉右衛門は鳥目《ちょうもく》（代金）を払いに帳場にやってきた際、お三津はお優のことを何も知らないので三年前は佐野屋たちときたと口裏《くちうら》を合わせてくれ、と頭を下げたのである。

杉右衛門の話では、お優は立場茶屋おりきに来て暫《しばら》くして亡くなったという。

聞くと、お優は心《しん》の臓《ぞう》を患《わずら》っていて、二人は最後の思い出作りのために無理を承知で旅に出たそうである。

が、おりきには、お三津はお優の存在も二人が旅に出たことも知っていたように思えてならなかった。

と言うのも、お三津は支払いを済ませて来ると言った杉右衛門に、振り分け荷物の中から袱紗《ふくさ》を取り出すと、これは三年前におまえさまが女将さんからお借りした袱紗です、裸のまま宿賃を手渡すのではなく、同じことならこれに包んで渡しなさい、と言ったというのである。

袱紗は、三年前、巳之吉が作った手鞠麩《てまりふ》や梅麩《うめふ》を大層気に入った様子のお優に、土産のつもりで小箱に入れおりきが袱紗に包んで渡したものだった。

お三津は旅から戻った杉右衛門の荷物から見慣れない袱紗が出て来たのを見て、そこは女房の勘《かん》とでもいおうか、杉右衛門が女ごと旅をしたのを悟った……。

恐らく、杉右衛門は袱紗は立場茶屋おりきで借りたとでも言い抜けしたのであろう。

だが、そんなことで、女房の目はごまかされない。

お三津はうすうす杉右衛門に女ごがいることを知っていたのであろうし、案外、お優の存在も知っていて、敢《あ》えて、見て見ぬ振りを徹していたのかもしれないのである。

だからこそ、お優がもうこの世の人ではなく、過去の存在となったあのとき、お三津は杉右衛門がお優を連れて行った立場茶屋おりきに、是非《ぜひ》、自分もつれて行けとねだったのではなかろうか……。

どこから見ても、ふわりとした仏性《ほとけしょう》のお三津だが、案外、何事にも動じない芯《しん》の強さを秘《ひ》めているのかもしれない。

知らぬは女房ばかりときた……。

万兵衛はそうお三津のことを揶揄《やゆ》したが、知らないのではなく、知っていて知らない振りで徹しているのだとしたら、お三津のほうが数段上手《うわて》ということになるだろう。

お三津さま、お元気なのかしら……。

ふっと、おりきはお三津のふくよかで、ぽっとりとした顔を思い起こす。

刺身《さしみ》好きの杉右衛門が皿に何ひとつ残していないと見るや、そっと、自分の皿を杉右衛門の膳に移し替える、お三津……。

お三津の顔には、内儀としての自信が漲《みなぎ》っていたように思う。

おりきがそんなことを考えていたときである。

客室に焼物を運んで行った女中のおみのが、二階から下りて来て帳場に声をかけてきた。

「女将さん、宜しいでしょうか？」

「おみのかえ？　お入り」

おみのは気を兼ねたようにそろりと障子を開くと、中におりき以外いないのを確かめ、腰を屈《かが》めて入って来た。

「どうしました？」

「今、浜木綿の間に行ってきたのですけど、次の間に入ったところで、聞くとはなしに座敷の会話が耳に入ってきまして……」

おみのは言い辛そうに、上目《うわめ》におりきを窺った。

「それがどうかしまして？　お客さまの会話が耳に入ったとしても、聞かなかったことにするのがおまえたちの務め……。それでなければ、お客さまは安心して話すことが出来ませんからね」

「ええ、それは解っているのですが、女将さんは金剛堂の内儀が亡くなられたことを知っていらっしゃるのかと思って……。もし、ご存知ないのであれば、お耳に入れておかないと差し障りがあるのじゃないかと……」

おりきは苦笑した。

「金剛堂の内儀って、それは数年前に金剛堂さまがお連れになった方のことでしょう？　ええ、亡くなられたことは知っていますよ」

おみのが慌てる。

「いえ、その女《ひと》ではなくて、二年ほど前に旦那さまが連れて来られた方です。確か、お三津さんとか……」

えっと、おりきの頬が強張《こわば》る。

「おみの、何を言っているのですか！　お三津さまは息災《そくさい》ですよ。現に、先ほど挨拶に上がったときに、お三津さまの話が出ましたからね」

「息災だと言われましたか？」

「………」

おりきは言葉を失った。

杉右衛門がお三津をここに連れて来たことや、愛妾を囲っていたという話は出たが、息災だという言葉はひと言も出ていないのである。

あっと、おりきは佐野屋や仏法堂の言葉を思い出した。

「こいつ、結構人の顔をして、これでなかなか隅に置けない……。愛妾を囲っていたのは三河じゃ周知のことでよ。知らぬは女房ばかりときた！　なっ、仏法堂、おまえさんだって知ってるだろう？」

　万兵衛がそう言うと、

「ああ、知ってるぜ。が、確か、その女ごも死んだとか……」

と、仏法堂はそう答えたのである。

　その女ごもとは……。

　お優のことだけなら、その女ごもとは言わず、女ごは、と言うはずである。

「おみのは何ゆえそんなことを……」

　おりきが上擦《うわず》った声を出す。

　おみのは意を決したように顔を上げた。

「実は、佐野屋さまが、金剛堂も内儀《かみ》さんの喪《も》が明けたことでもあるし、そろそろ後《のち》添《ぞ》いを貰うことを考えないとなっておっしゃいまして……。そうしたら、金剛堂の旦那さまが、あたしは後添いを貰おうとは思っていませんよ、生涯、あたしの家内はお三津だけです、と言われましてね。すると、佐野屋さまも仏法堂さまも大笑いをされて、女房が生きているときには愛妾を作って内を外にしていたくせして、よくもそんなことが言えるものよって……。あたし、どうしたらいいのか解らなくなって、失礼します、と声をかけて座敷の中に入ったんですよ。すると、三人とも圧《お》し黙っちまって……。そうなるとあたしも居辛《いづら》くて、焼物を配膳すると早々に引き上げてきたんですが、あたし、このことを女将さんに話すべきかどうかと迷っちまって……。けど、やっぱり、お耳に入れておいたほうがよいかと思って……」

おみのがそろりと上目におりきを窺う。

「そうですか……。解りました。でも、おみの、このことは他では口外しないように……」

「解りました。じゃ、あたしはこれで……」

おみのが立ち上がろうとする。

「あっ、お待ち。あれから、才造《さいぞう》さんには逢いましたか？」

おりきがそう言うと、おみのは、いえっと首を振った。

「亀蔵《かめぞう》親分の話では、兄は洲崎の竜龍《たつりゅう》という津元《つもと》（網元）の網子《あんご》になったとか……。現在《いま》はまだ周囲《まわり》に溶《と》け込むのに懸命《けんめい》なのだろうから、暫くはそっとしておくことだと言われたんで、逢いに行くのを控えています。兄も落着けば何か言ってくるでしょうし、親分が時折様子見に行って下さるそうなんで、待っていようかと思っています」

「そうですすね。わたくしもそのほうがよいと思います。親分の話では、才造さんは本当に海が好きな様子で、竜龍に入ってからは活き活きとした面差《おもざ》しをしているそうです。おみの、これでひと安心ですね」

「はい」

おみのは実に嬉しそうな顔をして、板場のほうに去って行った。

おりきの胸を再び重苦しいものが塞いでいく。

お三津さまが亡くなっただなんて……。

喪が明けたということであれば、お三津はここに来て暫くした頃に亡くなったということ……。

お優の場合も、杉右衛門と最後の旅をし、それから暫くして亡くなっているのである。

が、お優は元々心の臓が悪く、杉右衛門と二人だけの旅も無理を承知のうえでしたことであるが、お三津には微塵芥子《みじんけし》ほどもその気配が窺えなかったのである。

ふわりと他人《ひと》を包み込んでしまう、仏性の笑みを湛えたお三津……。

ぼっとりとした身体《からだ》つきから見ても、健康そのものに見えたのである。

とは言え、人の体調は外見からは計れない。

だが、何故、杉右衛門はお三津が亡くなったことを知らせてくれなかったのであろうか……。

暫くして、おりきは喉に小骨が刺さったような想いを抱え、お薄《うす》を点《た》てに二階へと上がって行った。

が、五部屋ある客室を順番に廻っていき、最後に浜木綿の間に伺《うかが》ったのであるが、終《つい》しか、杉右衛門はお三津のことを口にしようとしなかったのである。

そうなると、おりきのほうから水を向けるわけにはいかない。

それで、どこかしら吹っ切れない想いのまま、帳場へと戻ったのだった。

「どうなさいやした？　なんだか浮かねえ顔をなさってやすが……」

達吉が気遣わしそうにおりきの顔を窺う。

「いえ少しばかり気になることがあったのですが、どうやら、わたくしの杞憂《きゆう》にすぎなかったようです」

「杞憂にすぎねえとは……」

「いいえ、いいのですよ、本当に……」

おりきは慌てて、頰に笑みを貼りつけた。

相手が大番頭であれ、まさか、おみのが客の会話を盗み聞きし、おりきにご注進《ちゅうしん》にきたとは言えないではないか……。

客商売に携《たずさ》わる者、客の会話は柳に風と聞き流し、石の地蔵《じぞう》さんで徹さなくてはならないが、店衆がその作法《さほう》を破ったとなれば、それは上に立つ女将の責任……。

おみのは杉右衛門の内儀が亡くなったのであれば、立場茶屋おりきとして某《なにがし》かの対応をしなければならないのではと老婆心《ろうばしん》からおりきに耳打ちしただけで、他意《たい》はないのである。

が、杉右衛門のほうからお三津のことを言い出してくれない限り、まさか女中が立ち聞きをしたとは言えず、対応も何も……。

「そうでやすか。だったらいいんでやすけどね。それで、みや古屋とはどういう話になりやしたんで？」

達吉が留帳《とめちょう》を捲《めく》りながら、ちらとおりきを窺う。

「額装してもらうことにしました。あすなろ園に置くのですもの、屛風や衝立ですと、子供たちが粗相《そそう》をしても困りますのでね」

「成程、壁にかけちまえば、子供たちには手が届かねえってことか……。で、いつ出来上がるんで？」

「額を誂《あつら》えなければなりませんからね。さあ、一月《ひとつき》はかかるのではないかと思いますよ」

「一月《ひとつき》か……。じゃ、それまで子供たちに絵のことは内緒で？」

「ええ。いきなり驚かせてやるほうがよいかと……。それはそうと、大番頭さんはあの絵に翌檜童図と画題がついていたのに気がつきましたか？」

「翌檜童図……。いや、気づきやせんでしたが……」

「それがね、三吉ったら、雅号の横に記せばよいものを、裏面に小さく記しているのですもの、あれでは気づきませんわ。わたくしもみや古屋の番頭に言われて初めて気づいたのですからね」

「なんと、三吉らしいや！　きっと、照れたんでやすぜ」

「みや古屋の番頭も、恐らく謙遜のつもりで画題を表面に記すのを憚ったのだろうと……」

「翌檜童図か……。なんと気の利いた画題をつけたもんじゃありやせんか！　明日、檜になろうとすくすくと育っていくってことでよ。……何も言わずとも、三吉には女将さんの気持がちゃんと伝わっているんでやすからね」

達吉がそう言ったときである。

「女将、いいかな？」

障子の外から声がかかった。

店衆の声ではないので、すると、客……。

達吉が慌てて障子を開けると、杉右衛門が浴衣姿《ゆかたすがた》で立っていた。

「金剛堂さま……。いかがなさいました？　ご用がおありでしたら、土鈴《どれい》を鳴らして下さればお部屋に伺いましたのに……」

「いや、部屋では拙《まず》いのだ。実は、女将に話があってよ」

「話……。では、中にお入り下さいませ」

おりきが杉右衛門の坐《すわ》る場所を作り、座布団《ざぶとん》を勧める。

達吉が気を利かせ、立ち上がろうとする。

「いや、大番頭もいて下され」

そう言われ、達吉が再び腰を下ろす。

「今、お茶を……。お休みになる前ですので、焙《ほう》じ茶に致しましょうね」

おりきが茶の仕度をしながら言うと、杉右衛門はバツが悪そうに上目におりきを窺った。

「女将にはもっと早く報告しなければならなかったのだが、文を出すのも憚られ、やはり直接逢って話すべきだと思ってね……。ところが、佐野屋や仏法堂が傍にいたのでは話し辛くてよ……」

杉右衛門はふうと太息を吐いた。

おりきが長火鉢《ながひばち》の猫板《ねこいた》に湯呑《ゆのみ》を置くと、杉右衛門に目を据える。

「どうぞ、お話し下さいませ」

「実は、家内が亡くなりましてな」

えっと、おりきは息を呑んだ。

決して驚いた振りをしたのではなく、杉右衛門の口から改めて言われると、逃《のが》れようにも逃れられない現実に、ぐさりと胸を突き刺されたように思ったのである。

「家内といいますと、えっ、あのお三津さままでやすか！」

今初めて知った達吉は、鳩が豆鉄砲《まめでっぽう》を食ったような顔をしている。

「ああ、そのお三津だ……」

「それはいつ……。一体《いってえ》、なんで亡くなられやしたんで……」

達吉が信じられないといった顔で、矢継《やつ》ぎ早《ばや》に訊ねる。

「去年の九月……。一周忌を済ませたばかりです」

ああ……、とおりきは目を閉じた。

去年の九月といえば、真田屋の一人娘こずえと同じ頃……。

「けど、うちに来られた頃は息災そのもので、とても病をなさるようには見えやせんでしたが、じゃ、あれから病に……」

達吉が眉根を寄せる。

いやっと、杉右衛門は辛そうに首を振った。

「天竜川下《てんりゅうがわくだ》りの最中《さなか》、自《みずか》ら川に身を投じたのですよ」

おりきの胸がきやりと腓返《こむらがえ》った。

口から胃の腑《ふ》が飛び出すのではなかろうかと思ったほど衝撃を受けたのである。

「自らって、じゃ、入水《じゅすい》されたってこと……」

達吉が杉右衛門に茫然《ぼうぜん》とした目をくれる。

杉右衛門は苦渋《くじゅう》に満ちた顔をして、頷いた。

「何ゆえ、そんなことを……」

達吉はまだ信じられないといった顔である。

「何もかも、あたしのせいなのです。あたしにはお優という手懸《てかけ》がいました……。あの女ごとはかれこれ七年ほど続いたのだが、生まれつき心の臓が弱くて、医者からもうあまり永くはないだろうと言われていたものだから、最後に二人だけの旅をと思いここに連れて来たのだが、あれから暫くして亡くなりましてね……。あたしはお優のことはてっきりお三津には暴露《ばれ》ていないと思っていました。お三津という女ごは大束《おおたば》な女ごでしてね。あたしのことを信頼しきっていて、疑うということをしない女ごでした。それで、お三津は何も気づいていないと思っていたところ、ここに連れて来て暫くした頃、そう、お優の祥月命日の翌日のことでした。お三津が初めてあたしに食ってかかってきましてね。昨日はお優さんの祥月命日だったというのに、おまえさまは仏に手を合わせることもしないで、女ごに現《うつつ》を抜かすとは何事だ、それでは、お優さんが浮かばれないではないか、と血相《けつそう》を変えて鳴り立てたのですよ」

　おりきと達吉が、呆《あき》れ返ったように杉右衛門を見る。

「女ごに現を抜かすとは、では、金剛堂さまには他にも女ごが……」

「なんてこった！　それじゃ、いかに大束なお三津さんといえども、堪忍袋《かんにんぶくろ》の緒《お》が切れるってもんでェ！」

　杉右衛門は気の毒なほどに恐縮し、肩を丸めた。

「非難されても仕方がありません。ですが、お優を失い、寂しくて寂しくて堪らなかったのですよ。それで、お優のときも気づかなかったので、いや、気づかなかったのではなくて、気づかない振りをしてくれていたのでしょうが、お三津は何も言わないだろうと思って……。ところが、お三津は此度《こたび》だけは許しませんでした。自分には金剛堂の内儀という揺るぎない座があるが、お優さんにはおまえさましか頼れる男《ひと》がいなかったのだ、それなのに、お優さんが亡くなるとすぐさま他の女ごに走り、祥月命日も忘れてしまうようでは、お優さんを蔑《ないがし》ろにしたのも同じ、他のことは許せてもそれだけは許せない、と激怒しましてね……。それで初めて、あたしはお三津が見て見ぬ振りをしていたのだと気づいたわけで……。お三津に気づかれていたと知ったあたしは怖ろしくて、女ごなんかに現を抜かしていられません。それで、すぐさま、そのときの女ごとは手を切ったのですが、あたしは根っからの近惚《ちかぼ》れ（女ごに惚れやすい）ときて、暫くすると、身体がうずうずしてじっとしていられず、またもや……」

杉右衛門が項垂《うなだ》れる。

「またもや……」

「おめえさん、性懲《しょうこ》りもなく、またかよ！」

ここまでくると、開いた口が塞がらない。

おりきも達吉も、やれ、と肩息を吐いた。

「しかも、今度は見世のお端女に手をつけてしまいましてな。女ごの腹に赤児《やや》が出来たから堪らない……。無論、子堕《こお》ろしをさせましたよ。けれども、あとになってそのことを知ったお三津が、お端女の実家《さと》まで出掛け平謝りに謝るわで……。その件がやっと収まりかけた頃、組合から天竜川下りの話が出ましてね。あたしは日ごろの感謝と詫《わ》びのつもりでお三津を誘ったのですよ。お三津も滅多にあたしと一緒に外に出ることがなかったもので、大層悦びましてね。川下りの最中も燥《はしや》ぎすぎと思えるほど燥いでいたのですよ。それなのに……」

杉右衛門が辛そうに眉根を寄せ、泣き出しそうになる。

「…………」

「…………」

おりきも達吉も、杉右衛門の次の言葉を待った。

「突然、お三津が隣に坐ったあたしに囁きましてね。あたしはもう疲れました、これまで女房でいさせてくれて有難う……。そう耳許で囁くと、つと立ち上がり、危ない！　と船頭が叫んだときには、お三津の身体はひらりと川の中に……。川の流れが速く、瞬《また》く間に下流に流されてしまいました……」

「…………」

「…………」

おりきたちは言葉を失った。

あたしはもう疲れました、これまで女房でいさせてくれて有難う……。

お三津は疲れたと繰言《くりごと》を言いながらも、恨みではなく、感謝の言葉を告げて自ら果てていったのである。

杉右衛門が堪《こら》えきれずに、嗚咽《おえつ》を上げる。

「あたしはなんという愚《おろ》か者でしょう……。お三津がそこまで思い詰めていたと気づいてもやれず、懐《ふところ》の深いよい女房だと甘えていたのですからね。お三津ほど出来た女ごはいないというのに、死なれて初めてそのことに気づくなんて……。現在《いま》では、お三津が恋しくて恋しくて堪らないのです。他の女ごを見ても、つい、お三津と比較してしまい、心が動きません。不思議なものです。お三津が生きている頃にはびり沙汰《ざた》が絶《た》えなかったあたしが、あれ以来、女ごの香《こう》の匂いを嗅《か》いだだけで虫酸《むしず》が走るようになったのですからね。佐野屋たちは一周忌を終えたのだから、そろそろ後添いをと言いますが、あたしの家内は、生涯、お三津一人……。今後は、お三津の思い出を胸に生きていきたいと思っています。そんなわけで、お三津には不憫《ふびん》な生涯を送らせてしまいましたが、あたしがお三津にしたことで唯一《ゆいいつ》誇れるのが、立場茶屋おりさに連れて来てやれたこと……。お三津が悦びましてね。三河に帰ってからも、女将の気扱や板頭の料理の見事さを何度口にしたか……。叶うものなら、生きているうちに、もう一度連れて来てやりたかった……。このことを是非にも女将や大番頭に伝えたいと思いましてね。それで、恥を忍んで、こうして何もかもをお話ししました」

杉右衛門が深々と頭《こうべ》を垂《た》れる。

「そうだったのですか……。では、お三津さまは死してあなたさまの心の中にすっぽりと入ってしまわれたのですね」

おりきがそう言うと、杉右衛門は目から鱗が落ちたような顔をした。

「死してあたしの心の中に……。ああ、きっとそうです。生きているときには何も感じなかったが、現在《いま》は、何をするにもお三津と一体……。ああ、だから、他の女ごを見ても何も感じなくなったのでしょう。何しろ、お三津があたしの心の中にいるのですからね。今宵も、早く女将に自分のことを報告しろと、何故かしらお三津に急かさ《せ》れているように思えてならず、それで、佐野屋たちが寝入ったのを確かめ、そっと寝床を抜け出してきた次第で……」

「では、お二人とも、もうお休みになっているのですね」

「ええ、もうすっかり白河夜船《しらかわよふね》……。いや、手間を取らせました。けれども、女将に話してしまうと、なんだか胸の支《つか》えが下りたみたいですっきりとしました。では、あたしも休ませてもらうことに致します」

杉右衛門は帳場に来たときとは打って変わり、どこかしら爽《さわ》やかな顔をして客室に戻って行った。

杉右衛門の後ろ姿を見送り、達吉が深々と息を吐く。

「驚きやしたね」

「ええ。まさか、お三津さまが自裁《じさい》なさるとは……。けれども、お三津さまは恨み心から亡くなられたのではないと思います。旦那さまが愛しくて愛しくて堪らず、それで、生きているときには叶わなかった究極《きゆうきよく》の愛を求め果てていかれたのではないでしょうか」

「てこたァ、お三津さんの目論見《もくろみ》は、ずばり当たったってことで？　だって、あれ以来、旦那はお三津さんのことが頭から離れなくなったというんだからよ」

おりきは微苦笑《びくしよう》した。

目論見という言葉には賛同できないが、杉右衛門が現在《いま》お三津と共に生きているということは、強《あなが》ち外《はず》れていないように思えたのである。

「それで、立場茶屋おりきとして金剛堂に何もしなくてもいいんでやすかね？」

「香典《こうでん》という意味ですか？　わたくしもそれを考えましたが、一周忌がお済みのようですので、仏壇にお供《そな》えのつもりで、線香と数珠《じゅず》をと思っています。それなら、旅の途中でも邪魔になりませんからね」

「あっ、それがようがす。じゃ、女将さんもそろそろお休みになられたほうが……。あっしも部屋に戻らせてもらいやすんで」

「すっかり遅くなってしまいましたね。お休みなさい」

「へっ、お休みなせえ……」

達吉が二階家へと引き上げていく。

おりきは床《とこ》を延《の》べながら、再び、お三津へと想いを馳《は》せた。

やっと、お三津の心が見えたように思えたのである。

恐らく、お三津は杉右衛門とお優のことを知り、修羅《しゅら》の焔《ほのお》を懸命に掻《か》き消そうとしたのであろう。

騒ぎ立てることはいくらでも出来たであろう。

が、それをしなかったのは、金剛堂の内儀としての矜持《きょうじ》と、偏《ひとえ》に、杉右衛門を慕《した》っていたからにほかならない。

そして、もう一つ考えられるのは、お優が病弱であったということ……。

杉右衛門も思わず手を差し伸べたくなってしまう、そんなお優の儚《はかな》さに惚《ほ》れたのであろうし、お三津も杉右衛門にお優を見放させてはならないと思ったのではなかろうか……。

それ故、お三津は堪《た》えた。

ところが、お優亡き後、さして時をおかずに杉右衛門が他の女ごに心を動かすとは……。

お三津には到底《とうてい》許せるはずもなかった。

だから、祥月命日に仏に手を合わせることなく他の女ごに現を抜かすとは何事だ、それではお優さんが浮かばれないではないか、と激怒したのである。

お三津にはお優を蔑ろにすることは自分をも蔑ろにすること、と思えたのであろう。

それでは、自分がお優のために堪え忍んできたことが水泡《すいほう》に帰《き》してしまう……。

ところが、お三津の想いは杉右衛門には届かなかった。

それで、杉右衛門がお端女を孕《はら》ませたのを契機に、自ら生命《いのち》を絶ち、肉体ではなく魂として生きることを望んだのではなかろうか……。

お三津さま……。

おりきは胸の内でお三津に呼びかけた。

わたくしにはあなたさまの気持が解りますぞ……。

あたしはもう疲れました、これまで女房でいさせてくれて有難う……。

この言葉は、あなたさまの心《しん》からの声なのですよね？


それから一廻り《ひとまわ》（一週間）後のことである。

田澤屋のご隠居、おふなが息を引き取った。

知らせを聞いて、急いで巳之吉と夕餉膳《ゆうげぜん》の打ち合わせをして駆けつけたおりきに、伍吉夫婦とお庸が深々と頭を下げた。

「生前、母が大層世話になりました。母は思ったことをなんでも口に出してしまい、些か野放図《のほうず》な女《ひと》でしたが、おりきさんをはじめとして立場茶屋おりきの皆さんには実によくしていただき、母も感謝していました。有難うございます」

伍吉がそう言うと、弥生があとを続ける。

「昨夜も、おりきさんが持って来て下さった竹籠弁当が美味しかった、ここに越してこられて本当によかった、とお話しになったばかりでしてね」

「では、おふなさんは昨夜はまだお元気だったのですか？」

おりきが訊ねると、伍吉は寂しそうに片頬を弛めた。

「元気なんてものではありませんよ。お庸さんに近々立場茶屋おりきに連れてってくれとねだっていましたからね。なんでも、七海堂のご隠居を呼んで、三婆の宴を催《もよお》さないと死んでも死にきれないとかで……。三婆なんて初めて耳にしたもので、あたしがなんのことだと訊ねると、なんでも七海さん、お庸さん、母とでそんな会を作ったとかで、これまでも何度か立場茶屋おりきで会食したというではありませんか……」

「あら、そこに弥生さんも加わって、この間から四婆《よんばば》になったんですからね！」

お庸が茶目っ気たっぷりに言い、おふなの亡骸《なきがら》を愛しそうに瞠める。

「本当に綺麗《きれい》なお顔で……。まるで、眠っているかのようですわ」

おりきが亡骸に手を合わせ、ふっと微笑みかける。

それほど、おふなの死には涙が似合わず、どこかしら神々《こうごう》しくさえ感じるのだった。

「今朝は珍しく食間で皆と一緒に朝餉を食べましてね……。粥《かゆ》を茶椀《ちゃわん》に半分ほどしか食べませんでしたが、何を思ってか、母が家族の一人一人に訓辞《くんじ》を垂《た》れましてね。あたしには、これ以上田澤屋を大きくすることは考えなくてよい、大事なのは佃煮の味を護ること、お客さまに好かれること、そして、店衆や家族を大切にすること、自分を護るのは金ではなく脈々《みゃくみゃく》と伝えてきた田澤屋の味であり、それを支える人なのだ、と言いましてね……。母が常から教訓めいたことを言うような女ごなら驚きもしませんが、そんなことを言ったのは初めてのことで、一体、何を言い出すのだろうかと思ったら……。謂《い》わば、あれが遺言《ゆいごん》のようなものだったのでしょう。それから一刻《いっとき》（二時間）ほどして、ちょいと疲れたのでと寝床に入り、それきり眠ったままあの世に旅立ちました」

伍吉がしみじみとした口調で言う。

「義母《はは》はあたしにはこう言いましてね……。おまえは嫁だと思って小さくなっている必要はない、正しいと思うことは胸を張って伍吉に言うようにと……。ああ、それから、これからはお庸さんを支えに生きていくといい、血は繋《つな》がらなくとも姉妹だと思い、腹を割って付き合っていくようにとおっしゃいましてね」

弥生がそう言うと、お庸も頷く。

「あたしにも同じことを言われました。何度も何度も、お庸さんの家はここなんだからね、伍吉も弥生も皆家族と思うんだよと……」

お庸の目に涙が盛り上がる。

どうやら、先日から思い屈していたことへの回答を、暗黙《あんもく》のうちにおふなが遺言として残してくれたことに感極《かんきわ》まっているようである。

おりきはお庸を瞠め、良かったではありませんか、と目まじした。

お庸が頷く。

それにしても、おふなという女《ひと》は大した女ごではないか……。

一介の海とんぼの女房だったおふなが、糟喰《かすくらい》（酒飲み）の亭主に頼ることなく佃煮作りで身を起こし、あれよあれよという間に佃煮屋として評判を取ったのである。

おふなは見世の経営を息子の伍吉に委《ゆだ》ねてからも職人に混じって佃煮を作り続け、田澤屋が大店の仲間に入ってからは伍吉に邪魔者扱いにされ洲崎の別荘へと追いやられたが、現在《いま》の田澤屋があるのは、おふなのお陰……。

が、心を改めた伍吉に再び引き取られると、おふなはお庸や弥生、七海に明るい笑顔を振りまき、皆に生きる勇気を与えてくれたのである。

おふなはどんなときでも弱音《よわね》を吐かなかった。

気丈にも凜《りん》として生きてきて、そうして、現在《いま》、八十三歳の生涯を閉じたのだった。

おふなの生涯をひと言で言い表すならば、凜として、という言葉以外にはないだろう。

「おふなさん、さぞや、もう一度四婆の宴をやりたかったことでしょうね。でも、大丈夫ですよ。これからはおふなさんの遺志を継《つ》いで、七海さん、お庸さん、弥生さんの三人で三婆の会を続けられるでしょうよ」
おりきがそっとおふなに呟く。
その刹那、おふなの頬が心持ち弛んだように思えた。
気のせいだろうが、おりきにはおふなが、ああ、あたしもそう願っているからね、
と答えたように思えた。
開け放たれた窓から、爽やかな海風が吹いてくる。
おふなはあの風に乗って海を渡っていったのであろうか……。
何故かしら、おりきにはそんなふうに思えてならなかった。

紫《し》苑《おん》に降る雨

おりきは裏庭の菊畑で腰を屈《かが》め、紫苑《しおん》にパチンと鋏《はさみ》を入れた。

今や、菊畑では紫苑ばかりか野紺菊《のこんぎく》、沢白菊《さわしらぎく》、嫁菜《よめな》、柚香菊《ゆうがぎく》が真っ盛りである。

この菊畑は、月命日に必ず先代女将《おかみ》の墓に詣《まい》り、帳場の仏壇に毎朝手を合わせるおりきが供花《きょうか》に困らないようにと、亡くなった下足番の善助《ぜんすけ》が作ってくれたものである。

茶屋や旅籠《はたご》の客室に活《い》ける花は多摩《たま》の花売り喜市《きいち》が三日に上げず届けてくれるが、それらは山野草が多く、供花には適していなかった。

それで、年中《ねんじゆう》三界供花《さんがい》が絶《た》えることがないようにと、開花時が少しずつ違うさまざまな菊を善助が植えてくれたのだが、この畑を作ったときには、善助もまさかおりきが自分の墓に手向《たむ》けてくれることになろうとは思ってもみなかったであろう。

碧《あお》く澄《す》んだ秋の空に淡紫色《たんししよく》の可憐《かれん》な花が冴《さ》え冴《ざ》えと映《は》え、ふっと、心に刻《きざ》み込まれた過ぎ去りし人への想《おも》いを呼び起こすかのようである。

紫苑のことを、追想《ついそう》、君を忘れない、忘れぬ心、……とはよく言ったもので、別名、鬼の醜草《しこぐさ》とは一体どこからきたものなのか、おりきは首を傾《かし》げたくなってしまうのだった。

今朝、おりきは仏壇の花を替《か》えようとして、そろそろ紫苑の蕾《つぼみ》が開きかけるのでは……、と思った。

その刹那《せつな》、つと、おふなの顔が頭を過《よ》ぎり、そうだ、田澤屋《たざわや》の仏壇にも紫苑を供《そな》えてあげよう、と思った。

おふなが紫色《むらさきいろ》を好み、手絡《てがら》や巾着袋《きんちゃくぶくろ》、袱紗《ふくさ》、草履《ぞうり》の鼻緒《はなお》といった小物に紫色を多く用《もち》いていたのを思い出したのである。

しかも、君を忘れない、忘れぬ心とは……。

これほど、おふなへの手向《たむ》けに相応《ふさわ》しい花はないだろう。

パチン、パチン……。

研《と》ぎ澄まされた鋏の音が裏庭の中に響いていく。

「おっ、おりきさん、やっぱりここにいたのか……」

背後で亀蔵《かめぞう》親分の声がして、おりきがはっと振り返る。

「あら、親分、お越《こ》しになっていたとは……。ちっとも気がつきませんでしたわ」

おりきが切り取った紫苑の束《たば》を抱え、腰を上げる。

「今、帳場を覗《のぞ》いてみたんだが、おめえの姿がねえもんだからよ。たった今、茶屋を抜けて来たから茶屋や中庭におめえがいねえことは解《わか》ってる……。するてェと、あとはここかあすなろ園しかねえからよ」

亀蔵はそう言うと、おりきが抱《かか》えた紫苑の束に、芥子粒《けしつぶ》のような目を驚いたように見開いてみせる。

「今日は誰かの月命日なのかえ？　随分《ずいぶん》と多いじゃねえか」

おりきはふっと頰《ほお》を弛《ゆる》めた。

「いいえ、どなたの月命日でもないのですけど、田澤屋のご隠居さまの仏壇にお供えしようかと思いまして……」

「そうけえ、田澤屋のご隠居にね……。そいつァ、ご隠居も悦《よろこ》ぶことだろうて……」

「もう終わりましたので、どうぞ帳場のほうに……。わたくしも花を手桶《ておけ》に浸《ひた》したらすぐに参りますので、どうぞ先に行っておいて下さいませ」

「ああ、解った」

亀蔵が片手を上げて、帳場のほうに去って行く。

おりきが井戸端から帳場に引き返すと、亀蔵は大番頭の達吉《たつきち》に茶を淹《い》れてもらっているところだった。

が、おりきの姿を認めると、亀蔵が慌てて達吉を制す。

「おっと、そこまでだ！　やっぱ、茶はおりきさんが淹れたのでねえとよ……。同じお茶っ葉でも、こうまで味が違うのかと思うほど違うんだからよ」

「へいへい、解ってやすよ。あっしも女将さんと張り合う気はさらさらありやせんからね。どうぞ、心ゆくまで美味《うめ》ェ茶を淹れてもらって下せえ……」

達吉が肩を竦《すく》めてみせる。

おりきはくすりと笑うと、達吉に代わって茶を淹れた。

「さっ、どうぞ……」

「おっ、これこれ……。見なよ、見るからに美味《うま》そうじゃねえか！」

亀蔵がにたりと破顔《はがん》すると、山吹《やまぶき》を口に含む。

「やっぱ、美味《うめ》ェや……。応《こた》えられねえぜ！　ところでよ、田澤屋の婆《ばあ》さんが亡くなって二廻《ふたまわ》り（二週間）になるが、海晏寺《かいあんじ》に墓を建てることに決まったそうだな。田澤屋は元はといえば佃島《つくだじま》の海とんぼ（漁師）で、これまで檀那寺《だんなでら》を持たなかったそうだが、今や、田澤屋は品川宿　門前町《しながわしゆくもんぜんちよう》の大店《おおだな》……。檀那寺を持たねえわけにはいかねえと、此度《こたび》、大枚《たいまい》を叩《はた》いて海晏寺に墓所《はかしよ》を求めたそうでよ。なんでも、旦那の話じゃ、いずれ自分たちも入《へえ》ることになるからといって、五輪塔《ごりんとう》にしたというではねえか……。ヘン、いかにも成り上がりらしいじゃねえか！　方柱塔《ほうちゆうとう》で物足《ものた》りねえのなら、せめて

「けど、田澤屋じゃ、累代墓《るいだいばか》にするつもりなんでやしょう？　今後、個々に方柱塔を造ることを思えば、五輪塔を一つ建ててそこに田澤屋の直系が次々に入《へえ》るとなれば、それでも構わねえんじゃありやせんか？」

達吉が割って入ってくる。

「まあな……。それで、田澤屋じゃ婆さんを荼毘《だび》に付したんだろうがよ。そりゃそうと、さすがは田澤屋よのっ。葬儀も盛大だったじゃねえか……。通夜《つや》、野辺《のべ》送《おく》りと二日に亘《わた》り海晏寺の参道に松明《たいまつ》が焚《た》かれ、弔問《ちょうもん》する人が絶えなかったというんだからよ。俺《おり》ャ、最初《はじめ》のうちは、これも日の出の勢いで大店にのし上がった田澤屋の権勢《けんせい》の為《な》せるわざかと思ってたんだが、あとになって、そうではなく、あれは品川宿門前町の人々がおふなさんの生き様《ざま》に称賛《しょうさん》の意を表したのだということが解ってよ……。やっぱり、他人《ひと》は見てるんだよな？　伍吉《ごきち》さんにもそれが解ったとみえ、田澤屋じゃ、慣《かん》例《れい》に則《のっと》り四十九日までを忌中《きちゅう》とみなし、伍吉さんをはじめ、内儀、お庸《よう》さんまでが喪《も》に服しているそうでよ。いや、佃煮屋《つくだにや》の見世《みせ》は開けているし、店衆《たなし》は普段通りにしているんだぜ。それでなきゃ、店衆ばかりか、客が困る……」

亀蔵が仕こなし顔に言う。

「けど、親分がどうしてそれを……」

達吉が訝《いぶか》しそうな顔をすると、亀蔵はへへっと首を竦めた。

「たった今、忌中見舞《きちゆうみまい》に顔を出してきたのよ。葬儀が盛大だっただけに、後の始末が滞《とどこお》りなく運んだのかどうか、ちょいと気になったもんだからよ。そしたら、後の始末も何も、忌中の間は日常的なことは控《ひか》えているというじゃねえか……。伍吉さんは月代《さかやき》も剃《そ》らずに、髭《ひげ》は伸び放題。内儀とお庸さんは忌島田《いみしまだ》を結《ゆ》っていてよ……。そうまでして弔意《ちようい》を表しているとは、婆さんを洲崎《すさき》に追いやっていた頃に比べれば、伍吉さんも変われば変わったものよと思ってさ」

「ああ、それで墓のことを聞いてこられたのでやすね」

達吉が納得したとばかりに頷《うなず》く。

おりきは黙って二人の会話に耳を傾《かたむ》けていたが、次第に胸が熱いもので覆《おお》われていった。

おふなの野辺送りのときのことを思い出したのである。

おりきは旅籠の仕事があるので通夜には参列できなかったが、翌日の野辺送りのときのことである。

大店の主人《あるじ》や内儀の焼香《しょうこう》が終わると、裏店《うらだな》のかみさん連中や海とんぼの女房たちが、怖《お》ず怖ずと、列をなして焼香を始めたのである。

誰もが素綺羅《そきら》（粗末《そまつ》な身形《みなり》）な常着《つねぎ》のままだったが、そのどの面差《おもざ》しも心《しん》からおふなへの弔意に溢《あふ》れ、別れを惜《お》しんでいるかのようだった。

中には、肩を顫《ふる》わせ噎《むせ》び泣いている者もいる。

凡《およ》そ、大店の葬儀には不釣合《ふつりあ》いな彼らが、何故《なぜ》この場に……。

そう思ったとき、おりきの隣に坐《すわ》った七海《ななみ》堂金一郎《どうきんいちろう》が耳許《みみもと》で囁《ささや》いた。

「おふなさんは皆に慕《した》われていましてね。おふなさんが佃煮作りに携《たずさ》わっていた頃は、見世に出せない形《かたち》の崩《くず》れた海苔《のり》や海老《えび》といった佃煮を、あの人たちに無償《むしょう》で与えていたのですよ。それぱかりじゃない。どこかの誰かが病《やまい》に臥《ふ》していると聞けば、金子《きんす》を包んで見舞いに行くし、励《はげ》ましの言葉をかけてやっていましてね……。これは母から聞いた話ですが、おふなさんは口癖《くちぐせ》のように言っていたそうです。現在《いま》でこそ田澤屋は大店の端《はし》くれに加えてもらえたが、元を糺《ただ》せば、自分は海とんぼの女房……、あの人たちの苦労が手に取るように解るんでねって……。無論、伍吉さんはそんなことは知りません。知れば、余計なことをするもんじゃないと激怒《げきど》されたでしょうからね」

七海堂のご隠居七海《ななみ》とおふなは、田澤屋が佃島から品川宿に進出してきた頃からの付き合いである。

七海は田澤屋が屋台店《やたいみせ》から大店へとのし上がっていく過程を具《つぶさ》に見てきた、謂《い》わば、生き証人といってもよいだろう。

が、その七海の姿がこの場にないとは……。

「それで、七海さまは？」

おりきが訊《たず》ねると、金一郎はつと眉根《まゆね》を寄せた。

「それが……。おふなさんが亡くなられたことが余程応《こた》えたのでしょうね。昨日、田澤屋で別れを告げたので自分はもういい、とても野辺送りの席には参列できないと言い、床《とこ》に入ったきりで……。いえ、でも、どこかが悪いというわけではありませんのでご案じ下さいますな」

ああ……、とおりきは肩息《かたいき》を吐《つ》いた。

七海も早くに亭主に死なれ、女手《おんなで》一つで七海堂を護《まも》ってきた女《おな》ご……。

これまで犬も朋輩鷹《ほうばいたか》も朋輩と支え合ってきたおふなに先立たれたことで、恐らく、心にぽかりと空隙《くうげき》が出来てしまったのであろう。

「女将さん、さっきから黙りこくっていなさるが、どうかしやしたか？」

達吉が訝しそうにおりきの顔を覗き込む。

おりきは慌てて頬に笑《え》みを貼《は》りつけた。

「いえ、ちょいと野辺送りの日のことを思い出しましてね……。わたくしたちは田澤屋が彦蕎麦《ひこそば》の隣に移ってきてからおふなさんを知ったわけですが、おふなさんは懐《ふところ》の深い方で、誰からも慕われていたのだと知ると、改めて、良き隣人を失ったのだなって気がしましてね」

亀蔵も相槌《あいづち》を打つ。

「ああ、あの婆さん、裏店のかみさん連中から慕われていてよ。奴らも、一分《いちぶ》の恩に舌を抜かれろとばかりに弔問に訪れてたんだもんな……」

が、亀蔵はそこで言葉を切ると、改まったように、おりきに目を据《す》えた。

「田澤屋のことはさておき、実は、俺が今日ここに寄ったのは、ちょいと気懸《きが》かりなことがあってよ……」

「…………」

「…………」

おりきと達吉の胸に緊張が走った。

それほど、亀蔵は深刻な面差しをしていたのである。

「気懸かりなことといいますと……」

　おりきは息を詰めた。

　亀蔵が太息《ふといき》を吐くと、唇をへの字に曲《ま》げる。

「実は、百世《ももよ》のことなんだがよ……。百世の亭主が賭場《とば》の用心棒をしていたとき、金銭のもつれで刃傷《にんじょう》に及び、姿を晦《くら》ましちまったことはもう話したよな？　幸い、寺主《てらし》が死に至《いた》ることもなく、博徒《ばくと》の争《あらそ》いごとには町方は首を突っ込まねえというものの、胴元《どうもと》たちが放《ほう》っちゃおかねえ……。浩之進《こうのしん》を取り逃がしたとあっては、女房の百世やお袋《ふくろ》さんに危害が及ばねえとも限らねえからよ。それで、俺《おり》ャ、百世の義理のおっかさん、つまり、浩之進のお袋さんなんだが、そのお袋さんに耳打ちしたのよ……。今すぐ、浩之進を藤木《ふじき》の家から久離《きゅうり》（勘当）するようにとな……。そうすりゃ、お袋さんも百世も浩之進とは縁が切れ、罪の肩代わりをする必要がねえし、賭場の取立からも免《まぬが》れる……。するてェと、浩之進のお袋さんというのが権高《けんだか》な女ごでよ。俺の入れ知恵を受け入れるや、すぐさま町年寄に久離を届け出て、嫁の百世にも三行半《みくだりはん》を突きつけた……。それで、百世は旧姓に戻り、藤木の家とも浩之進とも縁が切れたことになったわけでよ」

「ええ、そうでしたわね。その後、お姑《しゅうとめ》さんと百世さんの二人を車町《くるまちょう》の裏店に匿《かくま》ったのも親分だとか……。結句、ご亭主は行方《ゆくえ》が判《わか》らないまま三年の歳月《さいげつ》が経《た》ち、そのお姑さんも先《さい》つ頃亡くなられたのでしたね」

「ああ、それで一人っきりになった百世を見るに見かね、立場茶屋《たてばぢゃや》おりきで使っちゃくれねえかと俺がおりきさんに頼んだんだがよ……」

「ここなら、仲間も大勢いますし、親分が毎日のように顔を出されるので目が行き届きますしね。うちとしても大助かりでした……。何しろ、おまきにいなくなられて人手《ひと》が足《で》りず《た》、気扱《きあつかい》のあるよい女《ひと》をと探していましたからね。親分は百世のことを客商売を一度もしたことがない女ごなので他の茶立女《ちゃたておんな》に甘く溶け込む《うまと》ことが出来るだろうかと案じておられましたが、それがどうでしょう。六月から茶屋の仲間に加わり四月《よつき》になりますが、茶屋衆《ちゃやし》に溶け込むのも早ければ、現在《いま》では、十年もこの見世にいるかのようにてきぱきと動いてくれ、おまきが抜けた穴を見事に埋《う》めてくれていますのよ。わたくしどもとしては、百世に何ひとつ不満はありません。それなのに気懸かりとは、一体……」

おりきが怪訝《けげん》そうに首を傾げる。

亀蔵は蕗味噌《ふきみそ》を嘗《な》めたような顔をした。

「いや、俺の言い方が悪かった……。百世のことといったが、実は浩之進のことでよ」

えっと、おりきの顔から色が失《う》せた。

「見つかったのですか？」

いや……、と再び亀蔵が渋面《じゆうめん》を作る。

「あいつ、品川宿を出てあちこちを転々としていたらしくてよ。ところが、一旦、手《て》慰《なぐさ》みの味を覚えてしまうと、なかなか脚《あし》を洗うことが出来ねえ……。と言っても、丁《ちよう》半場《はんば》（賭場）に出入りするためには金が要《い》る。浩之進の奴、金を作るためにごろん坊の仲間に加わり、あちこちで悪さを働いていたそうでよ。しかも、そうこうするうちに押し込み一味に手を貸すようになっちまったもんだから、おてちんでェ！　先月、深川加賀町《ふかがわかがちよう》の潮屋《うしおや》という塩問屋に押し込みが入《へえ》ってよ。家族も店衆も一人残らず斬殺《ざんさつ》されちまったというのよ。お上《かみ》の調べでは、その一味に浩之進が加わっていることは間違《まちげ》ェねえそうでよ。それで、昨日、あの界隈《かいわい》を仕切る冬木町《ふゆきちよう》の増吉《ますきち》親分から、浩之進が以前住んでいた品川宿に舞い戻ることがありうるので重々《じゆうじゆう》警戒してほしいと言われてよ。俺ャ、冗談じゃねえ、浩之進はとっくの昔に藤木の家から久離されたんだ、第一《でえいち》、女房の百世はあれっきり姿を消しちまって現在《いま》はどこにいるのか判らねえ……、と答えておいたんだが、ふっと不安になってよ……」

亀蔵が困《こう》じ果てた顔をする。

「ご亭主が押し込み一味の仲間ですって？　しかも、一人残らず斬殺だなんて……。とはいえ、火付盗賊改《ひつけとうぞくあらため》では、確たる証拠もなしにそんなことは言わないでしょう……。浩之進さんに嫌疑《けんぎ》がかけられたのには某《なにがし》かの理由があるのでしょうね。それにしても、扶持《ふち》召し放されとなったとはいえ、浩之進さんは元は讃岐丸亀藩《さぬきまるがめはん》の藩士……。そのような方が何ゆえ……。百世が聞けば、どんなに胸を痛めることでしょう。親分、百世にそのことを話されたのですか？」

「いや、まだ何も言っちゃいねえ……。言いづらくってよ。一体《いってえ》、どう切り出せばよいものか……。だが、浩之進が百世の行方を捜《さが》し出し、ここに現れることが考えられなくもねえからよ……。やっぱり、言うしかねえんだが、おりきさん、済まねえが頼まれてくれねえか？　この通りだ……」

亀蔵が縋《すが》るような目をして、手を合わせる。

「わたくしの口から伝えろということですか？」

「いや、おめえから伝えてくれと言ってるわけじゃねえんだ。俺が百世に話すんだが、つまりその……、俺が百世に話す間、傍《そば》についていていてほしいのよ」

「解りました。百世は現在《いま》は立場茶屋おりきの仲間です。わたくしが知らぬ存ぜぬでは済みませんからね……。けれども、親分は浩之進さんが本当に百世に逢《あ》いに来ると思っているのですか？」

亀蔵が途方《とほう》に暮れたような顔をする。

「いや、そいつは判らねえ……。浩之進はお上から追われる身といっても、胴元からも逃げなきゃならねえ身だからよ。そんな危険を孕《はら》んでいるというのに、この品川宿にのこのこと帰《けえ》って来られるだろうか……。それに仮に帰《けえ》って来たとしても、百世は先《せん》に住んでいた三田《みた》の裏店にはもういねえし、俺が世話した車町の裏店にもいねえ……。ここを捜し出すのは並大抵《なみたいてい》のことじゃねえからよ。まっ、そうは言っても、脚を棒のようにして捜し歩けば、人伝《ひとづて》に百世が立場茶屋おりきで茶立女《ちゃたておんな》をしていることが判るかもしれねえが、人目《ひとめ》を忍《しの》ばなきゃならねえあいつにそんなことが出来るかってことでよ……」

亀蔵が首を傾げると、達吉が喉《のど》に小骨が刺さったような顔をする。

「あっしもそう思いやすよ。けど、冬木町の親分が言うとおりだとしたら、現在《いま》、浩之進は二進《にっち》も三進《さっち》もいかねえ立場……。言ってみれば、手負《てお》いの獅子《しし》と同じでよ。手負いの獅子ほど怖《こえ》ェものはねえと言いやすからね。捕《つか》まれば打ち首は免れねえと思ったら、せめて、その前《めえ》にひと目女房の顔を見てェ……、いや、もしかすると、同じ死ぬなら女房を道連れにと思うかもしれねえ……。おお、鶴亀鶴亀《つるかめつるかめ》……」

「大番頭さん！」

おりきは声を荒《あら》げた。

亀蔵が苦虫《にがむし》を噛《か》み潰《つぶ》したような顔をする。

「だがよ、大番頭が言うのもまんざら的外《まとはず》れとはいえねえ……。その可能性はあるってことでよ。そうなると尚更《なおさら》、百世が一人で外に出ることは勿論《もちろん》のこと、浩之進らしき男を目にしたら隠れるようにと耳打ちしておかねえとな……。だがよ、そうしてみると、客の出入りの多い茶屋に百世を置いておくのは考えものよな」

「いいえ、親分、客の出入りが多いからこそ、寧《むし》ろ、安全なのではないでしょうか。人目が多いと、滅多《めった》なことは出来ませんもの……。とにかく現在《いま》は、百世は勿論のこと、わたくしたちも何事もなかったかのように平常心でいることです」

「よし、解った！　じゃ、百世をここに呼んでこよう」

亀蔵が意を決したように、ポンと膝《ひざ》を打つ。

「あっ、なら、あっしが呼んで参りやしょう」

達吉が立ち上がる。

おりきは亀蔵の湯呑《ゆのみ》に二番茶を淹れながら、ふうと肩息を吐いた。

「済まなかったな……。俺が百世をここで使ってくれと頼んだばかりに、おめえに余計な心配《しんぺえ》をかけることになっちまってよ」

亀蔵が気を兼ねたように言う。

「経緯《いきさつ》はどうあれ、百世は今や立場茶屋おりきの家族です。家族の一員に起きたことはわたくしに起きたこと……。それに、百世には何ひとつ落ち度がないのですもの、離縁したご亭主のとばっちりを食うことはありません。そんなことにならないように、わたくしたちが護ってやるのは当然のことです」

「済まねえ。本当に申し訳ねえ……。俺もよ、百世を立場茶屋おりきに推挙《すいきょ》した時点では、まさかこんな展開になるとは思っていなかったもんでよ……。浩之進が姿を晦ました後、百世たちに何事も起きなかったものだから、姑を亡くしてからは百世の先《さき》行《ゆ》きだけを考えればよいと思っていたのよ。それなのに、浩之進の野郎、どこまで百世に迷惑をかければ気が済むというのよ！　糞《くそ》ォ……。俺ャ、無性《むしょう》に業《ごう》が煮《に》えてきたぜ！」

亀蔵が糞忌々《くそいまいま》しそうに、チッと舌を打つ。

「親分、どうか気を鎮《しず》めて下さいませ。さっ、二番茶ですが、どうぞ……」

おりきは亀蔵を宥《なだ》め、長火鉢《ながひばち》の猫板《ねこいた》に湯呑を置いた。

おりきの胸を、咀嚼《そしゃく》できない澱《おり》のようなものがじわじわと襲ってくる。

藤木浩之進は讃岐丸亀藩の勘定方《かんじょうかた》にいたというが、一体何があって扶持召し放されとなったのであろうか……。

おりきは百世を茶立女として雇《やと》うことになった折、亀蔵に訊《たず》ねた。

が、亀蔵は、さァて、詳《くわ》しいことまで聞いてねえんでよ、と答えただけで、では、百世に直接訊ねようにも、現在《いま》の百世は藤木とは縁の切れた女ご……。

百世にしてみれば、過去のことを根から葉から訊ねられるのは辛《つら》いのではなかろうか。

そう思い、立ち入ったことは聞いていなかったのである。

だが事情がどうあれ、常識的に考えれば、身過ぎ世過ぎのためといっても、もっとまともな仕事に就《つ》くだろう。

ところが、浩之進は仕官の口を求めて母親と女房を連れて江戸に出てからは、丁半場の用心棒を始めたのである。

傘張《かさは》りや手習指南より手っ取り早く金になるには違いないが、老《お》いた母や女房のことを考えれば、並《なみ》の男ならそんな危険を孕んだ場所には出入りしないだろう。

案の定、浩之進は用心棒のつもりが自《みず》ら手慰みに嵌《はま》ってしまい、挙句《あげく》、金のもつれから寺主に刃傷を働くことになったのである。

そこから先は、坂道を転げ落ちるがごとく……。

浩之進の頭の中には、母親や百世のことは微《み》塵《じん》芥《け》子《し》ほどもなかったに違いない。

そんな男が火付盗賊改に追われ行き場を失い、ひと目女房に逢いたいと戻って来るだろうか……。

そう思い、おりきはハッとその想いを振り払った。

達吉の言葉を思い出したのである。

「現在《いま》は浩之進は二進も三進もいかねえ立場……。言ってみれば、手負いの獅子と同じでよ。手負いの獅子はど怖《こえ》ェものはねえと言いやすからね。捕まれば打ち首は免れねえと思ったら、せめて、その前《めえ》にひと目女房の顔を見てェ……、いや、もしかすると、同じ死ぬなら女房を道連れにと思うかもしれねえ……」

ああ、そうかもしれない。

浩之進が手前勝手《てまえがって》な男だからこそ、切羽《せっぱ》詰まれば、捨てた女房を隠れ蓑《みの》にし、死の逃避行《とうひこう》に連れ出そうとするかもしれないのである。

「大番頭の奴、やけに遅《おせ》ェじゃねえか。女将が呼んでいるからと茶屋番頭に耳打ちすれば、百世を連れ出すのなんてわけねえことだろうに……」

亀蔵が気を苛《いら》ったように吐《は》き出した、そのときである。

「お呼びでしょうか」

障子《しょうじ》の外から百世が声をかけてきた。

おりきと亀蔵がさっと目を見合わせる。

おりきは極力《きょくりょく》平静を保《たも》ち、お入り、と答えた。

「茶屋で忙しくしていたのでしょうに、呼び立てて悪かったですね」

おりきが亀蔵の傍に坐るようにと促《うなが》すと、百世は緊張した面差しで、わたしに何か……、と上目《うわめ》におりきと亀蔵を窺《うかが》った。

どうやら、達吉からまだ何も聞いていないようである。

達吉も、いや、あっしはまだ何も……、と慌てて手を振ってみせる。

「実はね、親分がおまえに話があるそうですの」

おりきが亀蔵に目まじする。

亀蔵は咳《しわぶき》をひとつ打つと、言いづらそうに口を開いた。

「百世、落着いて聞けや……。実はよ、浩之進が大変なことを起こしやがってよ。現《い》在《ま》は火付盗賊改に追われている身なのよ……」

亀蔵はそう言うと、深川加賀町の塩問屋に入った押し込み一味に浩之進が加わっていたのだと説明した。

百世は神妙《しんみよう》な顔をして聞いていたが、押し込み一味が潮屋の主人《あるじ》夫婦ばかりか店衆を一人残らず斬殺したと聞くと、あっと声を上げ、両手で肩を包み込むようにして、わなわなと顫え始めた。

「ああ……、あの男《ひと》はとうとうそんなことまで……」

おりきと亀蔵が顔を見合わせる。

「とうとうそんなことまでとは？」

「まさか、おめえ、浩之進がこうなると解っていたというんじゃあるめえな？」

百世は俯《うつむ》いたまま、首を振った。

「違います。解っていたというと語弊《ごへい》があります。けれども、あの男《ひと》は丸亀にいた頃に、城内で飼《か》っていた鶏《にわとり》を殺生《せっしょう》したことがありまして……。なんでも、勘定方で上司の失態を押しつけられ気が苛っていて、鶏を殺生することで憂《う》さを晴らしたようなのですが、それが原因《もと》で藩を追われることになってしまいました。身に覚えのない失態を押しつけられ気が苛っていたのは解ります。けれども、憂さを晴らすためとはいえ、なんら罪もない鶏を殺生するなんて……。家名《かめい》を重んじる義母《はは》は浩之進を叱責《しっせき》し、激怒いたしました。けれども、一旦、禄《ろく》召し上げとなってしまったからには、藩の裁断を覆《くつがえ》すわけにはいかず、丸亀を去るより仕方がありませんでした。それで、義母《はは》とわたしは浩之進について江戸に参ったのですが、仕官の口などそうそうあるものではありません。丸亀を出る際に家財を処分して作った路銀《ろぎん》も残り少なく、取り敢《あ》えず三田一丁目に裏店を見つけ、そこで手内職、日庸《ひよう》の仕事となんでも熟《こな》して、仕官が叶《かな》う日までなんとか凌《しの》ぐことにしたのですが、義母《はは》やわたしが針仕事や手内職をして夜《よ》の目も寝ずに働いても、浩之進は一向《いっこう》に職を見つけようとしてくれませんでした。それがある日、用心棒の口が見つかったと……。義母《はは》もわたしも、まさかそれが賭場の用心棒だとは露《つゆ》ほども思っていませんでした。それからの浩之進は、昼と夜が逆《さか》さまになったようで……。何日も帰って来ないこともありました。義母《はは》は口には出しませんでしたが、浩之進が鶏を殺生した頃から、浩之進の中に偏狭《へんきょう》なものを感じていたようでした。ええ、確かに、あの頃より浩之進はもう以前の浩之進でなくなったのです。何事かなければよいが……、とわたしは毎日神仏に祈るような想いでした。けれども、とうとう危惧《きぐ》していたことが現実のものとなってしまったのです……」

百世は苦渋《くじゅう》に満ちた目で、亀蔵を瞠《みつ》めた。

「浩之進が寺主に刃傷を働いたことを言っているんだな？」

亀蔵が百世に目を据える。

「親分から知らせを受けた義母《はは》とわたしは、驚きよりも懸念《けねん》していたことが現実のものになってしまったという想いのほうが強く、衝撃《しょうげき》のあまり、返す言葉もありませんでした」

亀蔵が頷く。

「ああ、それであのとき、俺がおめえたち二人の身を護るために浩之進を久離するようにと諭《さと》したら、なんら異を唱《とな》えることもなく、すんなりと受け入れたのだな？　今だから言わしてもらうが、俺ャ、お袋さんがああまであっさりと進言《しんげん》を受け入れるとは思っていなかったんで、逆に、俺のほうが驚いちまってよ……。が、今聞いて解ったが、お袋さんもおめえも浩之進の中に尋常《じんじょう》でねえものを見ていたということ……。つまり、ある意味、覚悟していたということなんだよな？」

「はい。義母《はは》にしてみれば、浩之進はたった一人の息子です。何があれ、庇《かば》いたかったに違いありません。けれども、義母《はは》はわたしのために心を鬼にしたのです……。あのとき、義母《はは》は言いました。おまえが浩之進の妻、藤木の嫁である限り、博徒たちは浩之進の尻拭《しりぬぐ》いのためにおまえを連れて行こうとするだろう、姑のわたしはおまえが遊里《ゆうり》に売られていくのを黙って見ているわけにはいかない、いいですか、今後はおまえは藤木とは縁のない女ご……。そう言って、去り状を書いて下さったのです」

「けど、おめえはその後も姑の傍を離れなかった……」

「それは、親分が八文屋《はちもんや》の傍に裏店を借りて下さったからです。親分の傍にいれば、賭場の連中もわたしを連れ去ることが出来ないし、わたしには老いた義母《はは》を一人に出来ませんでした。嫁姑《よめしゅうとめ》の関係はなくなったとしても、今後は人と人として、義母《はは》のことを大切に思っていこうと、そう思ったからなのです」

「ああ、お袋さんにもおめえの気持は充分すぎるほど伝わっていたと思うぜ。おめえは実によく孝行したもんな。お袋さんが病の床に就いてからは、病人を一人にしておくわけにはいかねえと、それこそ、ありとあらゆる内職仕事を引き受けて、夜の目も寝ずに働いたんだもんな……」

「どんな男《ひと》であれ、わたしは浩之進の妻……。最後まで尽《つ》くしてこそ武家の妻というのに、義母《はは》の計《はか》らいで、結句、わたしは浩之進を放り出す恰好《かっこう》となりました。ならば、あの男《ひと》にして差し上げるべきことを義母《はは》にして差し上げなければ、人でも杭《くい》でもないと……」

百世が辛そうに顔を伏せる。

「てんごうを！　放り出したのは浩之進のほうじゃねえか……。あいつはてめえのことしか考えてなかったんだからよ。そこでだ……。これからが本題なんだがよ。俺たちが心配《しんぺえ》していることは、火付盗賊改や町方に追われる身となり、行き場を失った浩之進が品川宿に、つまり、おめえに逢いに戻って来るんじゃなかろうかってことでよ……」

亀蔵が百世の目を瞠める。

「…………」

百世は茫然《ぼうぜん》と目を返した。

「どうしてェ、その顔は信じられねえといった顔だが……」

亀蔵が訝しそうに言う。

「いえ……」

「どうしました、百世。何か思っていることがあるのなら、言ってごらんなさい」

おりきが百世を促すと、百世はふっと頬を弛めた。

「あの男《ひと》がわたしに逢いに来るかもしれないと聞き、戸惑《とまど》ってしまったのです。まさかそんなことが……と思う気持と、根は小心者《しょうしんもの》のあの男《ひと》のことだから、どこにも逃げ場がないと知れば、最後はこのわたしの許《もと》に逃げ込むのではなかろうかという気持が交叉《こうさ》して……。あの男《ひと》ね、根っからの小心者なのですよ。丸亀で鶏を殺生したときに、義母《はは》が言っていました。浩之進は一人息子で、幼い頃に身体《からだ》が弱かったために些《いささ》か庇護《ご》しすぎてしまいました、わたしが過保護にしたことでますます浩之進は脆弱《ぜいじゃく》になっていき、遂《つい》には身体ばかりか心まで病《や》み、鬱屈《うっくつ》した想いを吐き出すかのように、抵抗できない鶏を殺生するとは……、とそんなふうに言いましてね。あの男《ひと》は弱いもの苛《いじ》めすることで鬱憤《うっぷん》を晴らす、そんな小心者だったのですよ……。さすがに義母《はは》には手を上げるようなことをしませんでしたが、わたしは何度打《ぶ》たれたことでしょう。けれども、空威張《からいば》りした後、必ず、わたしに甘えてみせるのですよ。憎《にく》くて打ったのではない、おまえが愛《いと》しくて堪《たま》らないから打ったのだと……。そんな男《ひと》ですもの、おっしゃるように、行き場がないと知るや、わたしに救いを求めにやって来るかもしれませんとして」

おりきは百世のあまりにも平然とした顔に、きやりとした。

「百世、なりません！　おまえはまさかご亭主を受け入れようとしているのではないでしょうね？」

亀蔵も慌てた。

「受け入れるって……。おい、浩之進は追われている身なんだぜ！　捕まれば、獄門《ごくもん》は免れねえ。いや、早晩《そうばん》捕まるに決まってるんだからよ。そんな男を受け入れてどうするってェのよ！」

亀蔵がどしめく。

が、百世は眉《まゆ》ひとつ動かさなかった。

「あの男《ひと》が逢いに来るのであれば、わたしは自首を勧《すす》めるまでです」

「天骨《てんこち》もねえ！　あの男に聞く耳があろうかよ。もう逃げ切れねえと腹を括《くく》ると、おめえを道連れに自裁するかもしれねえのによ！」

「浩之進がわたしを道連れにと思うのであれば、悦んで供《とも》を致しましょう。寧ろ、遅すぎたかもしれません。腐《くさ》っても鯛《たい》……。それが武家の女ごとしてのつけ方かもしれません」

「なりません！　何が武家の女ごとしての決着ですか！」

おりきの平手が百世の頬に飛ぶ。

ハッと、百世が頬を手で押さえた。

「おまえが三年前のことで忸怩《じくじ》とした想いを抱えていることは、わたくしにも手に取るように解ります。方便《ほうべん》のためとはいえ、おまえは賭場から追われることになったご亭主をたった一人で逃がしたことを悔《く》いているのではありませんか？　武家の妻なら、何があろうとも運命を共にしなければならない、夫の尻拭いのために身売りすることを厭《いと》うべきではなかったと……。そんなことをして、一体誰が悦ぶのですか！　悦ぶのは、胴元たちだけ……。それでは、三年前、お義母《かあ》さまが心を鬼にして決断なされた想いはどうなるのですか？　お義母《かあ》さまはね、心の中で泣きながら、おまえを護るために毅然《きぜん》とした態度を取られたのです……。その想いを無駄にするものではありません。それに言っておきますが、現在《いま》のおまえは立場茶屋おりきの家族……。家族が殺《あや》められるのを、このわたくしが座視《ざし》しているわけにはいきませんからね！」

おりきが珍しく甲張《かんば》った声で鳴り立てる。

百世がワッと声を上げ、前垂《まえだ》れで顔を覆う。

百世は緊張の糸がプツリと切れたかのように、肩を顫わせ続けた。

可哀相《かわいそう》に、やはり、気を張っていたのであろう。

お泣きなさい。何も感情を圧《お》し殺す必要はないのですよ。

涙の後には、必ずや、爽《さわ》やかな報《こた》えが待っているものだから……。

おりきは愛しそうに百世に微笑《ほほえ》みかけた。

亀蔵は、自分か下っ引きの誰かが常に立場茶屋おりきの入口付近に張りついているので安心するように、百世も茶屋衆もなるたけ平常心を保ち、日頃と変わらない行動を取るように、と言い帰って行った。

が、翌日のことである。

茶立女のおなみが訝しそうな顔をして、およねの傍に寄って来た。

「なんか妙なんですよね……」

「妙って、何がさ」

「今朝、見世の外を掃《は》いていたら、近江屋《おうみや》の日除《ひよ》け暖簾《のれん》の蔭から、下っ引きの金《きん》さんがこっちを窺っているじゃないか……。あたしが会釈《えしやく》したら、慌てて金さんが首を引っ込めてさ。そのときは、変なのって思っただけなんだけど、中食時《ちゆうじきどき》に席待ちの客が出たもんだから、坐って待ってもらおうと長椅子《ながいす》を持って見世の外に出たら、今度は利助《りすけ》さんがいるじゃないか……。ううん、それぱかりじゃないんだよ。通りの反対側にも見知らぬ男が立ってるし、気のせいか、あちこちから見張られているような気がしてさ……」

すると、中食を摂《と》って見世に戻って来たおくめが割って入ってきた。

「嫌《いや》だァ、おなみさんもそう思うかえ？　実はあたしも誰かに見張られているような気がしてならないんだよ。見世の外だけじゃないよ。大広間の中の客……。たとえば、穴子釜飯《あなごかまめし》を頼んだきり、八番飯台の窓際に坐った男……。九ツ半（午後一時）頃見世に入って来て、そればかりか、一刻《いっとき》（二時間）以上も坐り込んでるんだからさ……。それば、見世に入って来る客に鋭い視線を投げかけてさ。どう見ても、あの男、ただ者じゃないよ！」

全員の目がさっと八番飯台の男に注《そそ》がれる。

担《にな》い売りの風体《ふうてい》をしているが、身体全体に隙《すき》がない。

男は茶立女の視線が自分に釘《くぎ》づけとなるや、さっと窓の外へと目をやった。

「お止《よ》し！　莫迦《ばか》な真似《まね》をするもんじゃないの……。さっ、皆、早く持ち場に戻るんだ」

およねが小声で茶立女たちを制す。

百世は他の女ごたちの会話に加わらず、背を向けたまま膳《ぜん》を拭《ふ》いていた。

針の筵《むしろ》に坐らされているような想いである。

おりきの判断で、茶屋番頭の甚助《じんすけ》の外《ほか》には何も知らされていなかったので、茶立女たちが不審《ふしん》に思うのも無理はなかった。

百世にしてみれば、今すぐにでも皆の前で土下座《どげざ》して、自分のせいで不快な思いをさせて済まない、と謝りたい気持で一杯だろう。

だが、おりきからも亀蔵からも、それはきつく止められていた。

しかも、亀蔵は自分か下っ引きが交替で見張りに立つと言ったはずなのに、茶立女たちの話では、どうやら見張りは一人や二人ではないらしい。

一体、これはどういうことなのであろうか……。

茶屋番頭の甚助にしても想いは同じであった。

見世の外に見張りが立つのは致《いた》し方ないとしても、朝から、それらしき男が入れ替わり立ち替わり、客になりすまして茶屋の中に潜《もぐ》り込んでくるのである。

亀蔵の下っ引きでないのは、一目瞭然《いちもくりようぜん》……。

すると、彼らは隠密廻《おんみつまわ》りの小者《こもの》なのであろうか……。

いずれも町人の形《なり》をしているが、瞬時《しゆんじ》に放つ鋭い視線や身の熟《こな》しに隙がない。

彼らは百世の動きも見逃《みのが》さなかった。

百世と客の会話に耳を欹《そばだ》て、百世が変わった仕種《しぐさ》をしないか目を皿のようにして見張っているのである。

百世はその視線を全身で受け止め、日頃と同じ行動をしなくてはならないのであるから、背中に重石《おもし》を載《の》せられたようなもの……。

少し高い位置にある帳場台《ちょうばだい》からその光景を見下ろす甚助にしてみれば、息苦しいなんてものではない。

遂に、甚助は音《ね》を上げ、中食を摂る振りをして旅籠への通路に出ると、おりきの許に駆け込んだ。

「女将さん、甚助でやす。なんとかして下せえよ！」

甚助は帳場の障子を開けるや、悲痛の声を上げた。

すると、どうだろう。

亀蔵が苦虫《にがむし》を噛《か》み潰《つぶ》したような顔をして、煙管《きせる》を吹かしているではないか……。

「親分……。いらっしてたんでやすか」

「ああ。まったくよォ、俺もまさかこんなことになるとは思ってもみなかったんで、途方に暮れてるのよ……」

「甚助、とにかく中にお入りなさい。それで、百世の様子はどうですか？」

おりきが手招きをする。

甚助は帳場の中に入って来ると、腰砕《こしくだ》けしたようにへたり込んだ。

「百世は大《てえ》したもんでやす。一挙手一投足《いっきょしゅいっとうそく》見張られてるってェのに、動じることなく仕事を熟してやすからね。ただ、他の茶立女たちが張り込みに気づいたみてェで、目引き袖《そで》引きするもんだから、自分のせいだと言えねえ百世にしてみれば、さぞや辛《つれ》ェのではなかろうかと……。それにしても親分、あれは一体《いってえ》なんでやす？　親分の話じゃ、親分と下っ引きが交替でってことだったのに、天骨もねえ！　見世の外には下っ引きばかりか他の男もいるし、茶屋の中まで隠密廻りが張り込んでいるんでやすからね」

甚助は不満たらたら……。

亀蔵が困じ果てた顔をして、灰吹《はいふ》きに雁首《がんくび》をパァンと打ちつける。

「それよ……。実は、俺も弱っちまってよ。ここだけじゃねえんだ。百世が先《せん》に住んでいた三田一丁目の裏店にも、車町の裏店にも見張りが立っていてよ。奴らは浩之進が百世とおっかさんが車町に移ったのを知らねえはずだから、舞い戻るとしたら三田一丁目と思ったんだろうが、まさか、車町やここまで嗅《か》ぎつけたとはよ……。俺ャ、増吉親分を甘《うま》くまいたと思ってたんだが、奴らのほうが上手《うわて》だったということなんだろうて……。けど、こうは考えられねえか？　蟻《あり》の這《は》い出る隙間《すきま》がねえほどに網《あみ》を張られてるんだ。となると、浩之進が立場茶屋おりきを探《さぐ》り当てる前《めえ》に、お縄《なわ》になってしかるべき……。なっ？　てこたァ、浩之進がここに現れる可能性は少ねえってことだろう？」

「そんな太平楽《たいへいらく》なことを！　じゃ、親分が説得して、今すぐ奴らを見世から追い出して下せえよ」

「いや、そいつは……」

亀蔵が苦《にが》り切った顔をする。

「甚助、そんな無理を言うものではありませんよ。これは町方が口を挟《はさ》むようなことではないのですよ。こうなったからには、腹を括るより仕方がありません。甚助には済まないが、もう暫《しばら》く辛抱《しんぼう》しておくれでないか？　あっ、それから、女衆《おなごし》が何かと取り沙汰《ざた》しているようですので、およねにだけは耳打ちしておいて下さいな。およねなら臨機応変《りんきおうへん》に対処し、女衆を束ねてくれるでしょう。百世も誰か一人でも自分の立場を解っていてくれる者がいると思うと、心強いでしょうからね……」

「へっ、解りやした」

甚助が頭を下げて帳場を出て行く。

達吉はふうと太息《ふといき》を吐いた。

「まさか、ここまで大がかりになるとは思ってもみませんでしたね」

「それがよ、一味のうち半分までは既《すで》に捕まったらしくて、そいつらが潮屋の主人《あるじ》一家を手にかけたのは藤木浩之進と言ったらしくてよ。他の奴らは浩之進に触発《しょくはつ》されてつい店衆を殺めてしまったのだと言い抜けしたもんだから、盗賊改めは躍起《やっき》になって浩之進をあぶり出そうとしているのよ」

亀蔵が苦々《にがにが》しそうに言う。

「浩之進が主人《あるじ》一家を手にかけたのが契機《きっかけ》とは……。では今までは、その押し込み一味は盗みに入《へえ》っても人を殺めたことがなかったと？」

達吉が驚いたといった顔をする。

「ああ、銀狐《ぎんぎつね》の常《つね》というのがお頭《かしら》なんだがよ。これまで一人も殺めたことがなかったそうでよ。ところが、威嚇《いかく》のつもりで刀を差して立っているだけでよかった浩之進が、いきなり主人《あるじ》夫婦を斬《き》り殺したから堪らない……。恐慌《きょうこう》を来《きた》した一味の奴らが次々に店衆を斬り、浩之進は止めに入ったお頭にまで刃向《はむ》かおうとしたというからよ」

おりきの顔から血の色が失《う》せた。

どう考えても、浩之進は尋常ではない。

あの男《ひと》ね、根っからの小心者なのですよ……。

百世の言葉がつと脳裡《のうり》を過《よ》ぎった。

恐らく、浩之進にはこれが初めてのお務《つと》めであったのだろう。

手慰みの金欲しさに、ずるずると蟻地獄《ありじごく》に嵌ったかのように悪事に手を染《そ》めていき、
遂には、押し込みまで……。

ハッとそのことに気づいた浩之進は、身の毛が弥立《よだ》つほど怖《おそ》ろしかったのに違いない。

ならば逃げ出せばよいものを、それすら出来ずに、まるで鶏を殺生するかのように主人《あるじ》夫婦を手にかけてしまったのだとしたら……。

乱心《らんしん》としか思えない。

「今思えば、百世は浩之進と縁が切れていてよかったぜ」

亀蔵がふうと肩息を吐く。

おりきの胸にちかりと痛みが走った。

確かに、亀蔵の言うとおりなのだが、此度のことで百世は拭《ぬぐ》おうにも拭いきれない心の疵《きず》を抱えてしまったのである。

腐っても鯛……。それが武家の女ごとしての決着のつけ方かもしれません……。

百世の言葉が甦《よみがえ》った。

そんな莫迦な……。

腐った鯛など食べられはしない。

それに、百世。おまえはまだ武家にしがみつくおつもりか！

現在《いま》のおまえは、立場茶屋おりきの百世……。

ならば、市井人《しせいびと》として、堂々と胸を張って生きることです。

大丈夫、きっと、わたくしがおまえを護ってみせますからね……。

そう思ったとき、障子の外から下足番見習の末吉《すえきち》が声をかけてきた。

「女将さん、みや古屋《こや》の番頭さんがお見えでやす！」


「まあ、なんと見事な……」

おりきは額装《がくそう》された翌檜童図《あすなろわらべず》を前に、感嘆《かんたん》の声を上げた。

「額装すると、絵が一段と引き立ちやしたね。馬子《まご》にも衣装《いしょう》というが、元の絵が見事なんだから、これ以上言うことがねえや！」

達吉も惚《ほ》れ惚《ぼ》れとしたように言う。

「ご苦労でしたね。欅《けやき》の額も堂々としていて、立派ですこと……。よく一月《ひとつき》で仕上がりましたね。有難《ありがと》うございます」

みや古屋の番頭悦三《えつぞう》は、嬉《うれ》しそうに頬を弛めた。

「額は神奈川《かながわ》の額匠《がくしょう》に頼みました。こちらに納《おさ》めると聞いて、親方が取って置きの欅を選んで下さいましてね。さすがに木目《もくめ》が見事でございましょう？」

「ええ、なんて美しい木目なのでしょう。お礼を言っておいて下さいませね」

「で、これはあすなろ園のほうに？」

「ええ、子供たちにはまだ内緒にしていますので、さぞや驚くことでしょう」

「では、お持ち致しやしょう。壁に掛けるには、少しばかり要領がございますので……」

「そうしていただけますか？　助かります」

おりきが頭を下げると、悦三が連れて来た手代二人に目まじする。

手代は二人がかりで額を持ち上げると、帳場の外へと運び出した。

その後を、おりきと悦三がついて行く。

額装した絵はかなり重そうである。

やはり、餅《もち》は餅屋……。

壁に掛けるのに手慣《てな》れた、みや古屋の手代に委《まか》せたのは賢明《けんめい》だったようである。

あすなろ園では、小中飯《こじゆうはん》（おやつ）が終わったばかりのところだった。

子供たちは各々《おのおの》に遊んでいたが、手代二人が重そうに子供部屋に額を運び込むと、皆一斉《いっせい》に遊びの手を止め、驚いたように目を瞠《みは》った。

「えっ、何？　わっ、これ、三吉《さんきち》あんちゃんの絵だ！」

おいねが興奮したように黄色い声を上げると、おせんが、違うよ、三米《さんぺい》さまだよ、と訳知《わけし》り顔に言う。

「何言ってんだよ。三吉あんちゃんでいいんだよ！　おせんちゃんは知らないだろうけど、あたしとみずきちゃんはずっと前から三吉あんちゃんと呼んでたんだからさ。ねっ、みずきちゃん、そうだよね？」

「ああ、そうだよ。あんちゃん、言ったもん！　現在《いま》は加賀山《かがやま》三米だが、ここに帰って来たときは、今まで通り、三吉あんちゃんなんだからねって……」

みずきがどうだとばかりに鼻蠢《はなおごめ》かす。

「そんなのどうだっていいだろう！　それより、見なよ。あっ、これがおいらだ！　へへっ、顔に落書きされてるのが、悠基《ゆうき》、おめえだぜ！」

勇次《ゆうじ》が燥《はしや》いだように言うと、どれどれ、と子供たちが寄って来る。

手代二人が戸惑ったように顔を見合わせる。

「ほら、子供たち、絵を見るのは額を壁に掛けてからにしましょうね。みや古屋さんが困っておられるではないですか。さっ、少し離れた位置に戻りなさい！」

貞乃《さだの》と榛名《はるな》が慌てて子供たちを連れ戻す。

が、子供たちは額を壁に掛ける最中《さなか》も、少しも黙っていなかった。

「あっ、あれがみずきだ！　みずきの奴、偉そうな顔をしておせんに筆の使い方を教えてやんの！」

「違うよ！　あたしは茜《あかね》ちゃんを抱っこしてるだろ、あれがあたしで、みずきちゃんに教えてもらっているのは、おいねちゃん……。あっ、違う！　なつめちゃんだよ」

「じゃ、この欠伸《あくび》をしているのがあたし？　嫌だ……。三吉あんちゃん、なんであたしのことをこんなふうに描《か》いたんだろ！」

おいねが不服そうに、頬をぷっと膨《ふく》らませる。

「だって、おいねはいつも欠伸ばっかりしてるじゃねえか！」

勇次がひょっくら返す。

「これ、子供たち！　三米さまはおまえたちの特徴《とくちょう》を見事に捉《とら》えて、こうして、まるで生きてそこにいるかのように描いて下さったんだ。有難いと思うことだね」

キヲが海人《かいと》をあやしながら寄って来る。

「本当に見事ですこと！　あすなろ園の日常がこんなに活《い》き活きと描かれているんですものね……」

榛名も感心したように呟《つぶや》き、くすりと肩を揺《ゆ》らした。

「お盆《ぼん》の上のものを落とすまいと懸命《けんめい》になっている、この女ご……。これがあたしなんですね。まあ、おっちょこちょいのあたしをよく表現して……」

榛名と貞乃が顔を見合わせ、くすりと笑う。

そうこうしているうちに、壁に額が収まった。

天井《てんじょう》から少し下がった位置で、子供たちが釈迦力《しゃかりき》になっても手が届かない。

しかも、壁に掛けてみると存外に大きく、まるで、絵があすなろ園全体を見渡しているようではないか……。

「ご苦労さまです。では、お茶の接待を致しますので、ご足労《そくろう》ですが、もう一度帳場にお戻り下さいますか？」

おりきが悦三に声をかけ、改まったように子供たちを見廻《みまわ》す。

「皆さん、この絵には翌檜童図《あすなろわらべず》という画題がついています。つまり、あすなろ園のおまえたちの日常を描いたものなのですが、翌檜は明日檜《ひのき》になろうと、すくすくと育っていきます。わたくしもこの子供部屋にあすなろ園と名前をつけましたが、三米さまもおまえたちにすくすくと育ってほしいと願いを込めて、この絵を描かれたのですよ。嘗《かつ》ては三米さまもここにいた仲間……。三米さまに見守られていると思い、これからも皆元気で、仲良くしていきましょうね」

「はァい！」

「はい」

「うん、解った！」

子供たちが口々に言う。

おりきは貞乃たちに会釈すると、あすなろ園を後にした。

「壁に掛けてみると、また一段と見応《みごた》えがありましたな」

悦三が満足げに呟く。

「本当に……。くさくさしたことがあっても、子供たちの笑顔を見れば心が洗われますが、現在《いま》、あの絵が届いたことで、どんなに救われたことか……」

おりきがそう言うと、悦三がえっと驚いたようにおりきを見る。

「何かありましたので？」

「いえ、そういう意味ではありませんのよ」

おりきは挙措《きよそ》を失い、慌てて否定した。

が、本当にそうなのだ……、と胸の内で呟く。

百世のことで塞《ふさ》ぎがちだった胸の内が、あの絵が届いたことで、ぽっと熱いもので包まれたのであるから……。

良いこともあれば悪いこともある、それが生きるということ……。

が、どんなときにも挫《くじ》けてはならない。

毅然と顎《あご》を上げて前へと突き進めば、必ずや、明るい陽射《ひざ》しが見えてくる……。

そう思った刹那《せつな》、絵の中の子供たちが活き活きと動き出したように思えた。

有難うよ、三吉……。

おりきは胸の内でそっと呟く。

やっと、その頬に笑みが戻ったようである。


翌日、亀蔵が八文屋の水口《みずぐち》を潜《くぐ》ると、気配《けはい》を察《さつ》し、こうめと鉄平《てっぺい》が慌てふためいたように裏木戸《うらきど》から板場へと飛び込んで来た。

「義兄《にい》さん、早く、早く！」

こうめが手招きをする。

「なんでェ、いきなり……」

亀蔵は愛想《あいそ》のない顔をして、言われるままにこうめの後について裏木戸へと廻《まわ》った。

「ほら、あそこ……。路次口《ろじぐち》の角に一人、井戸端に一人、妙な男がいるでしょう？　裏店の住人でないのは一目で判るんだけど、昨日からずっとああして潜《ひそ》んでるんだよ。と言っても、同じ男じゃないよ。時折、人が入れ替わっているようなんだけど、なんだか気色《きしょく》悪くてさ……」

こうめが鼻の頭に皺《しわ》を寄せ、さも嫌そうな顔をしてみせる。

こうめがお腹《なか》に赤児《やや》を宿して、はや八月《やつき》……。

この頃では何をするのも大儀《たいぎ》そうで、時折肩で息を吐いている。

「あたしさァ、あれはきっと張り込みだよって言ったんだけど、うちの男《ひと》が張り込みなら、義兄《にい》さんがあたしたちに何も言わないはずがねえって……。それに現在《いま》、あの裏店に張り込まなきゃならねえ者は住んでねえって言うじゃないか……。そう言われればそうなんだけど、だったら、余計こそ、気色悪いじゃないか！」

鉄平が気を兼ねたように、上目に亀蔵を窺う。

「済んませんねえ……。俺は余計なことに首を突っ込まねえほうがいいと言ったんだが、こうめの奴が聞かねえもんで……」

亀蔵は蕗味噌を嘗めたような顔で、チッと舌を打った。

「おっ、いいから、早く中に入《へえ》んな！」

亀蔵が踵《きびす》を返し、板場の中に戻って行く。

こうめと鉄平も慌てて後に続いた。

見世のほうから、おさわが盆に皿小鉢《さらこばち》を載せて板場に入って来る。

「こうめちゃんったら、一日中この調子なんだからさ！　まるで自分も捕物《とりもの》に加わっているかのようにそわそわしちゃって、仕事に手がつかないんだからさ」

「だって、滅多に大立ち回りなんて見られないんだよ。目を離した隙に犯人が捕まってごらんよ。あたし、そんなの嫌だもん！」

こうめが不貞《ふて》たように唇を尖《とが》らせる。

「こうめ、おめえは一体幾《いってえいく》つだと思ってやがる！　七歳の餓鬼《がき》を持つおっかさんなんだぜ。おまけに、腹ん中には二人目の餓鬼がいるというのに、ちったァ、母親としての自覚を持つんだな！」

亀蔵が気を苛ったように鳴り立てる。

こうめはへっと肩を竦めた。

「さあさ、見世も暇になったことだし、そろそろ夕餉《ゆうげ》としようじゃないか！　今宵《こよい》は見世のお菜《さい》が皆《みな》になっちまったもんだから、茸鍋《きのこなべ》にしようかと思ってさ。簡単だし、親分、茸鍋で一本燗《つ》けましょうね」

おさわが気《き》を利かせ、割って入る。

茸鍋で一本という言葉が功《こう》を奏《そう》したのか、亀蔵の頬が途端《とたん》にでれりと弛む。

「おっ、そいつァいいや！　うそ寒くなってきたもんな。こんな宵には鍋で身体を温めるのが一番だ……」

食間に入ると、姉様人形《あねさまにんぎよう》で遊んでいたみずきが、じっちゃん、あすなろ園に三吉あんちゃんの絵が飾られたのを知ってる？　と目を輝かせた。

「おっ、そうけえ……。額装すると聞いてたが、やっと出来たのかえ。じっちゃんは忙しくてまだ見てねえんだが、じゃ、明日にでも拝《おが》ませてもらおうな」

亀蔵が長火鉢の傍で胡座《あぐら》をかくと、みずきがちょこんとその膝に坐る。

「みずきがね、なつめちゃんに筆の使い方を教えてあげてるの」

「みずきがなつめに？　確か、なつめはみずきより三歳も年上だと思ったが……」

「うん、そうだけど、なつめちゃん、京にいた頃には手習をしていなかったんだって
……。それで、みずきが教えてあげたんだ！」

「まっ、偉そうに！」

皿小鉢を手に食間に入って来たこうめが、みずきの頭をちょいと小突《こづ》く。

「偉そうじゃないもん！　貞乃先生だって、みずきちゃんは優《やさ》しいのねって褒《ほ》めてくれたんだもん」

みずきがムキになって言い返す。

「ああ、みずきは心根《こころね》の優しい娘《こ》だもんな。今のは、おっかさんが悪い！　みずき、気にするんじゃねえぜ。じっちゃんはみずきの味方だからよ」

亀蔵が愛しくて堪らないといったふうに、みずきの芥子坊主頭《けしぼうずあたま》を撫《な》でる。

「義兄《にい》さんはいつもそんなふうにして、みずきを甘やかすんだもの！　あっ……」

こうめがお腹に手を当てる。

「どうしてェ！　腹が痛《いて》ェのか？」

亀蔵が驚いて大声を上げる。

「ううん。今、赤児《やや》がお腹を蹴《け》ったの」

「赤児《やや》が腹を蹴るったって、腹ん中で身体を丸めた赤児《やや》にそんなことが出来るわけね

えだろうに……」

亀蔵が目をまじくじさせると、鉄鍋《てつなべ》を運んで来たおさわが、くすりと笑う。

「八月《やつき》にもなると、そんなふうに感じることがあるんですよ。元気がよい証拠で、これはもしかすると、男の子かもしれないね」

「うん。あたしもなんだかそんな気がする……。みずきのときには感じなかったけど、どこかしらお腹が前に突き出たように思うし、とにかく、よく動くの」

「それに、心持ち面差しがきつくなったように見えるしね。けど、五体満足なら、どっちでもいいってことでさ……。さあ、食べようじゃないか！」

おさわが長火鉢に鉄鍋をかけ、蓋《ふた》を取る。

ワッと湯気《ゆげ》が立ち昇《のぼ》り、ふつふつと煮立《にた》つ茸鍋が姿を現した。

「おっ、湿地《しめじ》に舞茸《まいたけ》、榎茸《えのきだけ》……。それに、これは鶏肉《とりにく》か？　長葱《ながねぎ》に豆腐《とうふ》、おっ、油揚《あぶらあげ》も入《へえ》ってるじゃねえか！　おう、鉄平、早く坐れ！」

亀蔵が銚子《ちょうし》を運んできた鉄平を手招きする。

「今よ、お腹の赤児《やや》が男の子かもしれねえと話してたんだ。みずきが女ごの子だから、次は男の子のほうがいいに決まってらァな？　でかしたぜ、鉄平！　前祝いだ。おめえも一杯《いっぺえ》付き合いな」

亀蔵が鉄平に盃《さかずき》を手渡す。

鉄平は気恥《きは》ずかしそうに、へっと頭を下げた。

「まっ、義兄《にい》さんたら！　男か女ごか判ったわけじゃないというのにさ……。それに、うちの男《ひと》には後片づけや朝餉《あさげ》の仕込みがまだ残ってるんだから、あまり飲ませないでおくれよ！」

こうめが亀蔵を睨《ね》めつける。

「また、おめえは！　鉄平はいつもこうめの尻に敷《し》かれっぱなしなんだ。たまにはこんな日があってもいいってことでよ。鉄平、気にすんな。ささっ、平《ひら》に一つさ……」

亀蔵が再び鉄平の盃に酒を注《つ》ぎ、自《みずか》らも手酌《てじやく》でぐいと盃を空《あ》ける。

「どうかしら？　茸鍋、上手《うま》く出来たかしら？」

おさわが亀蔵を窺う。

「ああ、美味《うめ》ェ！　鶏肉から旨味《うまみ》が出て、この汁《つゆ》がなんともいえねえぜ」

「山椒《さんしょう》の粉を振りかけました？　山椒の香りが加わると、風味合《ふうみあい》がまたぐっと変わりますからね」

おさわに言われ、亀蔵が慌てて山椒の粉を振りかける。

そうして、改めて汁を口に含むと、満足そうにニヤリと笑った。

「美味《うめ》ェのなんのって……。おっ、みずき、食ってるか？　みずきは山椒を入れねえほうがいいが、入れなくても充分美味《うめ》ェんだ。うんと食えよ。赤児《やや》が生まれたら、みずきは姉ちゃんになるんだからよ！」

「それで思い出したんですけど、親分、みずきちゃんの七五三をどうします？　本来ならば、今年が帯解《おびとき》なんだけど、みずきちゃんは去年やってますでしょう？　それで、どうなさるのかと思って……」

おさわに言われ、亀蔵が慌てて片口鉢《かたくちばち》を箱膳《はこぜん》に戻す。

「するに決まってるだろうが！　去年は前祝いと思えばいいんだからよ」

亀蔵は憮然《ぶぜん》とした顔をしている。

どうやら、みずきが右肩から腕にかけて大火傷《おおやけど》をしたときのことを思い出したようである。

みずきに大火傷を負《お》わせてしまったのは、自分が皆の反対を押し切り、帯解を一年早めてしまったため……。

帯解を早めたこととみずきが火傷を負ったことは関係のないことと解っていても、亀蔵には天罰《てんばつ》が下《くだ》ったように思えてならないのである。

日頃は着物で隠れて見えないが、現在《いま》も、みずきの肩には蟹足腫《かいそくしゅ》（ケロイド）が残っている。

それを思うと、みずきが不憫《ふびん》でならず、亀蔵は生涯この娘《こ》を護ってやらなければと思うのだった。

「じゃ、振袖《ふりそで》は去年のでってことで……」

おさわが亀蔵を窺う。

「ああ、それでいいだろう。あの振袖はおさわがみずきのために心を込めて仕立ててくれたもんだからよ。何か新しいものをと思うのなら、手絡でも新調してやるといい」

「みずき、良かったね！　おまえは二度も帯解が祝えるんだよ」

こうめが後生楽《ごしょうらく》な言い方をする。

鉄平は慌ててこうめを目で制した。

と言うのも、そもそもみずきが火傷をした原因はこうめにあるからで、そのことを失念しているこうめに慌てたのである。

が、こうめは意に介さずとばかりに続けた。

「あら、あたしだって、みずきの火傷のことは忘れちゃいませんよ。あたしの不注意で火傷させちまったんだもの……。けど、義兄《にい》さんやおまえさんみたいに、いつまでもくしくし思ってたって仕方がないじゃないか！　起きちゃったんだからさ……。それに、みずきが火傷をしたから、おばちゃんが小石川《こいしかわ》から戻ってきてくれたんだし、来年になれば、あたしたち五人の家族にもう一人家族が増えるんだ！　後《うし》ろを振り返ってばかりいないで、前を向いて歩《あゆ》んでいかなくっちゃ……。ねっ、みずき、おまえは火傷の跡《あと》なんて気にしていないよね？　人の値《ね》打ちは外見ではなくて、なんで決まるんだったっけ？」

「心……」

みずきが鼠鳴《ねずみな》きするような声で言う。

「そう、心だ！　みずきにはおとっつァんやおっかさん、それに、じっちゃんやおばちゃんがついているんだから、怖いものなんてないんだからね！」

「うん」

亀蔵とおさわが呆《あき》れ返ったように顔を見合わせる。

なんと、ふてくろしい（図々《ずうずう》しい）……。

これが母の強さとでもいうのであろうか。

そうして、茸鍋が粗方《あらかた》片づいたときである。

「まだ汁が少し残っているな。こうめ、これに飯《めし》を入れて雑炊《ぞうすい》にしてくんな」

亀蔵が言うと、みずきが、あたしも食べる！　と手を挙《あ》げる。

「えっ、みずきちゃん、まだ食べられるのかえ？」

おさわが驚いたように言うと、みずきはこくりと頷いた。

「だって、みずき怖いものなんてないもん！」

全員が啞然《あぜん》としたような顔をし、続いてぷっと噴《ふ》き出した。


それから二日後のことである。

おりきが巳之吉《みのきち》と夕餉膳の打ち合わせをしていると、亀蔵が血相《けっそう》を変えて帳場に飛び込んで来た。

「おりきさん、一刻ほど前《めえ》に浩之進が捕まっ……、いや、ぶっ殺されたぜ！」

「えっ……」

おりきは言葉を失い、茫然と亀蔵に目をやった。

「ぶっ殺されたって、そりゃ一体《いってえ》……」

達吉も信じられないといった顔をする。

巳之吉と番頭見習の潤三《じゅんぞう》がそっと席を立つ。

「じゃ、あっしらはこれで……」

お品書《しながき》の説明はまだ三の膳を残していたが、どうやら巳之吉はそれどころではないと察したようである。

「ああ、そうしておくれ。あとは揚物《あげもの》と留椀《とめわん》、それにご飯物《はんもの》だけだからよ」

達吉が目まじすると、巳之吉と潤三は会釈をして帳場を出て行った。

達吉が改まったように訊ねる。

「ぶっ殺されたって、それはどういうことなんでやすか？」

「それがよ、案の定、浩之進の奴、三田一丁目の裏店に現れたそうでよ。隠密廻りの奴らは以前浩之進たちが住んでいた部屋がたまたま空き部屋だったもんだから、大家に頼んで部屋の中に入《へえ》って張っていたそうでよ。まっ、一か八かの賭《か》けだったんだろうがよ……。すると、この一廻《ひとまわ》り（一週間）ほどどこに隠れていたのか、浩之進が尾羽打《おはう》ち枯《か》らした形をして部屋を訪ねて来たというのよ。勿論、外にも見張りが潜んでいたもんだから、浩之進が腰高障子《こしだかしょうじ》を開けた瞬間、内と外の両側から、ご用！　と挟《はさ》み撃《う》ち……。ところが、観念《かんねん》してお縄になればよいものを、浩之進が刀を抜いて抵抗したもんだからいけねえや……。その場でバッサリやられちまったというわけでよ」

亀蔵が苦々しそうに唇を噛む。

「なんということでしょう……」

おりきが眉根を寄せる。

「けど、捕まるより、寧ろ、そのほうがよかったんじゃ……」

達吉がそう言うと、亀蔵も大仰《おおぎょう》に頷いてみせた。

「大番頭もそう思うだろ？　実をいえば、俺もでよ……。浩之進が捕まれば、間違《まちげ》ェなく獄門だ。そうなりゃ、百世はどう思うかよ……。縁が切れたといっても、亭主だった男が晒《さら》し首になるんだからよ。それより、いっそのこと腐れぶっ殺されちまったほうが、すっきりするってもんでよ。ただ、このことを百世にどう話せばいいかと思うと、頭が痛くってよ」

亀蔵がふうと太息を吐く。

「では、まだ百世には何も？」

「言えるわけがねえだろうに……。今も、百世の顔を見るに忍びなく、茶屋を通らずに真っ直ぐここに来たんだからよ」

「けれども、話さないわけにはいきません……」

おりきが辛そうな顔をする。

「それがよ、俺が思うに、百世は薄々《うすうす》気づいているのじゃなかろうかと……。と言うのも、今し方、茶屋の中も外も張り込みが解《と》けたからよ。浩之進が捕まらねえ限り、張り込みが解けるわけがねえ……。勘《かん》のよい百世のことだから、覚悟は出来ていると思うんだがよ」

「けど、親分。百世は浩之進が捕まったと思っているだけで、ぶっ殺されたことまでは知らねえんでやすぜ」

達吉に言われ、亀蔵が再び太息を吐く。

「それなのよ……。百世が俺たちみてェに、捕まるよりぶっ殺されたほうがよかったと思ってくれるかどうかが問題でよ。が、伝えねえわけにはいかねえ……。大番頭よ、済まねえが、百世をここに呼んで来てもらえねえだろうか……」

達吉がさっとおりきを窺う。

おりきは黙って頷いた。

「じゃ、呼んで参りやす」

達吉が帳場を出て行き、おりきは改まったように亀蔵を見た。

「それで、浩之進さんの遺体はどうなったのでしょう」

「どうなったって……。盗賊改の手に渡ったのか、奉行所に渡ったのか……。いずれにしても、遺体は極悪人《ごくあくにん》として処理されるだろうて……。でこたァ、小塚原《こつかっぱら》かここ鈴《すず》ケ森《がもり》の処理場に放り込まれるってこと……。まかり間違っても、遺族の元に返《けえ》されることはねえからよ」

「まさか、晒し首になるということはないのでしょうね？

「さあて……。浩之進は処刑されたわけじゃねえからよ。正《まさ》な話、そいつばかりは、この俺さまにも判らねえ……」

亀蔵がそう言ったときである。

「入《へえ》りやす」

達吉が声をかけ、百世を連れて帳場の中に入って来た。

「お坐りなさい」

おりきがそう言うと、百世は引き攣《つ》った顔をして、亀蔵の傍に腰を下ろした。

「あの男《ひと》が捕まったのですね」

やはり、百世は観念しているようである。

「いや、捕まったというか、その場で斬り殺された……」

あっと、百世が瞠目《どうもく》する。

「いつ……。どこであの男《ひと》は……」

「昼過ぎだったかな？　おめえたちが以前住んでいた三田一丁目の裏店に浩之進が現れてよ。張り込んでいた役人に取り押さえられそうになり、浩之進が刃向かったものだから、一刀両断《いっとうりょうだん》に……」

「そうですか……。では、あの男《ひと》は苦しむことなく、一太刀《ひとたち》のもとに……」

「さあ、どうだろう……。俺がその場にいたわけじゃねえから確かなことは言えねえんだが、恐らく、そうだろうて……」

ああ……、と百世は目を閉じた。

「百世、これで良かったと思うことです。捕まれば獄門は免れませんからね」

おりきが声をかける。

「はい。現在《いま》、わたしも神仏に感謝していたところです」

百世は目を閉じたまま呟いた。

「これですべて終わったわけだが、改めて言っておくが、おめえは藤木とも浩之進とも縁の切れた女ご……。まかり間違っても、妙な気を起こすんじゃねえぜ！」

亀蔵が念を押すように言う。

「…………」

「親分が言っているのは、おめえが後追《あとお》いするとか、仏門《ぶつもん》に入《へえ》ると言い出すんじゃねえかってことでよ……。大丈夫《でえじょうぶ》だな？　そんな気を持っちゃいねえよな？」

　達吉が百世の顔を覗き込む。

「………」

　相変わらず、百世は目を閉じたままである。

「百世、少し二人で話しませんこと？」

　おりきがそう言うと、達吉が亀蔵に目まじして、じゃ、あっしらは外《はず》しやしょう、と腰を上げかける。

「いいえ、お二人はここにいて下さい。百世、少し庭を歩いてみませんか？」

　おりきが促すと、ようやく百世は目を開けた。

「はい」

「では、裏庭に参りましょう。丁度、紫苑が見頃《みごろ》ですのよ。秋明菊《しゅうめいぎく》も満開ですし、たまには二人で花を愛《め》でるのもよいかと……」

　裏庭では、紫苑、秋明菊、段菊《だんぎく》が真っ盛りであった。

　空に黒い雲がかかり、今にもひと雨来そうである。

　肌を撫でていく風も、雨の気配を孕んでいた。

　おりきは紫苑の傍で腰を下ろした。

百世もそれに倣《なら》い、おりきの隣に坐る。

「これが紫苑です。淡紫色の可憐な花が魂《たましい》を呼び起こすかのようでしょう？　心に刻み込まれた懐《なつ》かしき人や思い出……。わたくしにもありますし、百世の中にもきっとあるでしょう……。この花のことを、追憶、君を忘れない、忘れぬ心ともいいます……。先日、百世はご亭主が道連れにというのであれば悦んで供をすると言いましたね？　腐っても鯛……。それが武家の女ごの決着のつけ方かもしれないとも言いました……。亀蔵親分や大番頭さんが心配しているのは、そのことなのです。それで改めて訊《き》くのですが、おまえはたった一人でご亭主を逃がしたことで見限《みかぎ》ったように思い、現在《いま》からでも後を追うべきなのではと迷っているのではありませんか？　仮に、おまえにそんなふうに悔いる気持があるのなら尚更です。死んではなりません！　苦しみながら生き、それでも尚且《なおか》つ生きる……。生きることより死ぬことのほうがどれだけ楽でしょう。百世は楽なほうを選びますか？　わたくしが言いたいのは、おまえが死んだ後、哀《かな》しむ者がいることを忘れてはならないということです。百世は今や立場茶屋おりきの家族……。百世に死なれると、何故あのとき救ってやれなかったのかと苦しみ、心に深い疵を抱えてしまいます。わたくしもそうですが、親分も大番頭さんも茶屋衆も皆、心に深い疵を負ってしまうのです。わたくしがこんなことを言うのは、わたくしにもそのようなことがあったからなのです……」

おりきは立木雪乃《たちきゆきの》と名乗っていた頃、この品川の海に身を投げようとしたところを、先代の女将おりきに救われたことを話した。

「あのとき先代は、生きるより死ぬことのほうがどれだけ楽か、おまえは闘《たたか》わずして逃げるおつもりか、とわたくしをお叱《しか》りになりました。随分ときつい言葉のようですが、この言葉の意味はあとになって解りました。現在《いま》では生きていてよかったと思います。人は一人で生きているのではないことも悟《さと》りました。百世、おまえにはわたくしたちがついているのですよ。それにね、もう一つ聞いてもらいたいことがあります。おまえも知っていると思いますが、芸者の幾千代《いくちよ》さんも大層辛い身の有りつきをしてこられましてね」

おりきはそう言い、幾千代が品川宿で芸者をやることになった経緯《いきさつ》を話して聞かせた。

「幾千代さんには深川遊里《ふかがわゆうり》にいた頃、言い交《か》わした男《ひと》がいましてね。必ず添《そ》い遂《と》げようと、身の代《しろ》を作るために二人して爪《つめ》に火を点《とも》すようにしてお金を貯《た》めていたそうです。ところが、半蔵《はんぞう》というその男《ひと》が十両貯めたところで、紙問屋のご隠居が隠し持っていた十両が部屋の中からなくなり、半蔵さんにあらぬ疑いがかけられましてね。十両盗《ぬす》めば死罪……。結句、半蔵さんは冤罪《えんざい》を蒙《こうむ》ったまま鈴ヶ森で処刑されてしまいました。ところが処刑の後、ご隠居の十両が出て来ましてね……。冤罪は晴れたのですが、既に半蔵さんは処刑された後……。幾千代さんはそれこそ生きた空もなく、自分のせいで半蔵さんを死に追いやってしまったと、生涯、払おうにも払いきれない重《じゅ》責《うせき》を背負《せお》うことになってしまったのです。幾千代さんね、ご自分を責《せ》め、何度も半蔵さんの後を追おうと思ったそうです。けれどもそのとき、死ぬことよりも生きて苦しむことのほうが死者を弔《とむら》うことになるのだ、と気づいたそうでしてね。わたくしね、このことをどうしても百世に伝えたいと思いましたの」

「死ぬことよりも生きて苦しむことのほうが死者を弔うことになる……」

「ええ。それからというもの、幾千代さんは品川宿で芸者を続けながら、月命日には欠かさず海蔵寺《かいぞうじ》の投込塚《なげこみづか》にお詣りし、それればかりか、鈴ヶ森で処刑があると聞けば、縁もゆかりもない人のために立酒《たちざけ》（別れ酒）を振る舞われるそうです。あの方はそうして半蔵さんに詫《わ》び続け、また貧しき者には快《こころよ》く手を差し伸べられているのです。百世にわたくしや幾千代さんと同じことをしろとは言いません。けれども、そんな身の律《りっ》し方があるということを知ってもらいたかったのです」

「女将さんがおっしゃることが解ったような気がします。人は一人で生きているのではない……。ああ、きっとそうなのですよね。義母《はは》はわたしを護ろうとして一人息子を久離され、わたしは病の義母《はは》の世話をすることに救いを求めていたのです。その義母《はは》が亡くなり、わたしは一人きりになってしまったと嘆《なげ》いていましたが、そうではなかったのですね……。わたしのことをここまで案じて下さる皆さんがいるのですもの、逃げてはならないのです」

百世が憑《つ》き物でも落ちたかのような顔をする。

そして、紫苑に目をやると、

「忘れぬ心、君を忘れない……。苦い思い出も数々《かずかず》ありますが、愉《たの》しいこともありました。なんであれ、縁あって一緒になった男《ひと》ですもの、今後はよき思い出だけを胸に秘《ひ》め、供養《くよう》して差し上げたいと思います」

と呟いた。

その刹那、百世の目に涙が溢れた。

どうやら、やっと浩之進の死が咀嚼されたようである。

おりきは百世の肩にそっと手をかけた。

「もう一つ、おまえに見せたいものがあるのですよ」

百世が慌てて手拭《てぬぐい》で涙を拭い、おりきを瞠める。

「百世はまだあすなろ園の子供たちに逢ったことがないでしょう?」

「ええ」

「では、すぐそこですので参りましょう」

おりきは立ち上がると先に立ち、あすなろ園へと歩いて行った。

あすなろ園では、子供たちが小中飯を済ませ、昼寝をしていた。

貞乃とキヲがおりきの背後に百世を認め、立ち上がろうとする。

おりきは小声で、いいの、そのままで……、と囁くと、壁に掛かった翌檜童図を指差した。

「この絵を見せたいと思いましてね。子供たちはお昼寝中ですが、これを見れば日頃の子供たちの情景が手に取るように判ります」

まあ……、と百世が目を瞬《しばたた》く。

「今にも絵の中から飛び出して来るかと思うほど活き活きとして……。ああ、わたしにも判りますわ。あれがこの子で、その隣がこの子……。まっ、欠伸をしている娘《こ》のなんて愛らしいこと! これはどなたが描かれた絵なのですか?」

「加賀山三米という京の絵師ですが、三米は実は三吉といって、以前、立場茶屋おりきで下足番見習をしていたのですよ。ある不幸な出来事があり耳が聞こえなくなったのですが、三吉には生まれ持った絵の才能がありましてね。それで、京の加賀山竹米《ちくべい》さまに見込まれ、絵師の道に進むことになりましたの……。旅籠にいるおきちは三吉の双子《ふたご》の妹です。この春、その三吉が久々に戻って来て、子供たちを生写《しょううつ》しましてね。それがやっと完成して、先日届いたばかりなのですよ」

「子供たちが大悦びしましてね。よい記念になりました。いずれ、子供たちも成長して各々の道を歩んでいくのでしょうが、ここに戻れば子供の頃の自分に逢える……。離れ離れになっても、この絵が絆《きずな》となり、しっかと結びつけてくれるように思えてなりません」

貞乃も傍に寄って来る。

「ここにいるのは殆《ほとん》どが親兄弟を失った寂《さみ》しい子供たちですが、決して一人ではないのです。こうして新たな絆の中で、すくすくと育っていくのですものね……。ほら、あの笑顔！　微塵芥子ほども憂《うれ》いがありませんでしょう？　これを見ると、何故かしら、生きる勇気が貰《もら》えるように思います」

おりきがそう言うと、百世が頷く。

「女将さん、有難うございました。お陰で、まだ少し胸にかかっていた靄《もや》が払えたような気がします。もう迷いませんせん……」

百世がおりきの目を見て微笑む。

と、そのときである。

百世の足許《あしもと》で眠っていたおせんが、むくっと起き上がった。

「おや、おせんちゃん、お目々が醒《さ》めたの？」

貞乃が声をかけると、おせんが目を擦《こす》りながらふらふらと百世の傍まで寄って来て、その腰にしっかとしがみついた。

「おっかさん……」

えっと、百世が驚いたように貞乃を見る。

貞乃はふふっと笑った。

「きっと、寝惚《ねぼ》けているのですよ。この娘《こ》、たまにあるんですよ……。きっと、母親の夢でも見たのでしょう。二年前の地震でたった一人の母親がこの娘《こ》を庇って死んだのですものね。忘れようにも忘れられないその気持はよく解ります。さっ、おせんちゃん、もう少し眠りましょうか……」

貞乃がおせんを抱え上げ、蒲団《ふとん》に戻す。

おせんは再びすっと眠りに入っていった。

どうやら、本当に寝惚けていたとみえる。

百世が堪えきれずに、前垂れで顔を覆う。

「可哀相に……。こんなに小さな娘《こ》にも、忘れられない想いがあるのですものね……。ああ、ごめんなさい。みっともないところをお見せしてしまいました」

おりきが百世の背をそっと擦《さす》る。

「いいのよ。泣きたいだけお泣きなさい」

「けれども、もう茶屋に戻りませんと……。戻ったら、茶屋の皆に本当のことを打ち明け、迷惑をかけたことを詫びます。およねさんがよく庇って下さいましたが、やはり、皆には真実を伝え、そこからがわたしの再出発だと思っています」

百世が涙を拭い、おりきの目を真っ直ぐに見る。

「そうですか。よく決心しましたね。では、戻りましょうか」

おりきは貞乃とキヲに会釈すると、子供部屋の扉《とびら》を開けた。

いつの間に降り出したのか、霧《きり》のような雨が裏庭を濡《ぬ》らしていた。

手前に植わった秋明菊や段菊が、そして、その向こうに塊《かたまり》のようになって咲いた紫苑の花が、恵《めぐ》みの雨に歓喜《かんき》の声を上げるかのように色鮮《いろあざ》やかに輝いている。

紫苑に降る雨……。

それは懐かしき人に捧《ささ》げる涙……。

おりきには、百世の頬を伝ったひと筋の涙が、この雨を呼び寄せたように思えてならなかった。

「傘《かさ》をお持ちになります？」

貞乃が訊ねる。

「いえ、霧雨《きりさめ》ですもの……。さっ、急いで戻りましょうか！」

おりきは百世にふわりとした笑みを投げかけた。

雪見月

吉野屋幸右衛門《よしのやこうえもん》は生雲丹《なまうに》のかるかん揚《あげ》を天つゆに浸《ひた》して口に運ぶと、おっと驚いたように目を瞠《みは》った。

「いかが致しまして？」

おりきが首を傾《かし》げると、幸右衛門はでれりと目尻《めじり》を下げた。

「かるかん揚というからなんのことかと思ったが、成程《なるほど》、こういうことだったとは……。仏掌藷《つくねいも》の舌触《したざわ》りが菓子《かし》のかるかんに実によく似ているが、口に入れると中からとろりと生雲丹が出てくるといった趣向《しゅこう》とは、板頭《いたがしら》も考えたものではないか！　しかも、仏掌藷と海苔《のり》の相性がまた実にいい……」

何か不都合《ふつごう》でもあったのかと気が気でなかったおりきは、ほっと眉《まゆ》を開いた。

「お気に召していただけて幸いです。予約の文《ふみ》を頂《いただ》いたときに、追伸として、此《こ》の中食《じゅう》が進まなくて難儀《なんぎ》をしている、量は少なくてよいので久々に巳之吉《みのきち》の料理を愉《たの》しみにしている、とありましたものですから、巳之吉も何がなんでも吉野屋さまに気に入ってもらえる料理をと考えたのだと思います」

「ああ、気に入りましたぞ。先ほどの鮑《あわび》と焼穴子《やきあなご》の蕪蒸《かぶらむ》しも美味《おい》しかったし、今宵《こよい》のあたしは自分でも驚くほど食が進んでね……。そう、先付《さきづけ》がまた見事だった！　渡り蟹《がに》と菊花《きっか》の酢物《すのもの》、茄子《なす》と鮑の葛煮《くずに》、諸子《もろこ》の甘露煮《かんろに》、鯛《たい》と赤貝《あかがい》の手毬寿司《てまりずし》と、何一つ余すことなくぺろりと平《たい》らげてしまいましたからね。そして、今宵はこの後、椀替《わんが》わりとして、蕪のみぞれ仕立てと紅葉鯛《もみじだい》の炊《た》き込みご飯が続くのだね？　なになに、蕪のみぞれ仕立てには河豚《ふぐ》の白子《しらこ》と若狭《わかさ》ぐじが入っているではないか……。こいつは滋養《じよう》がありそうだ」

幸右衛門がお品書《しながき》を手に、満足そうな笑《え》みを浮かべる。

「紅葉鯛の炊き込みご飯は一人用の飴釉八寸鍋《あめゆうはっすんなべ》で炊いてあり、焼いた鯛頭半尾《たいがしらはんび》が丸ごとご飯《はん》の上に載《の》っていますが、召し上がる際、女中が身を解《ほぐ》してご飯に混ぜ込みますので愉しみにしていて下さいませ」

「ほう、鯛頭が半尾丸ごととな？　そいつは美味《うま》そうだ！　なんといっても鯛で美味い部位は頭だからよ。それに焼鯛となれば芳《こう》ばしさも抜群《ばつぐん》だろうて……」

幸右衛門は相好《そうごう》を崩《くず》すと、かるかん揚に添《そ》えた銀杏《ぎんなん》の素揚《すあげ》を口に運んだ。

おりきが銚子《ちょうし》を手に、幸右衛門に酌《しゃく》をしようとする。

「おう、済まない……。女将《おかみ》に酌をしてもらえるとは、あたしはなんという果報者《かはうもの》だろうか……。何を隠そう、あたしが立場茶屋《たてばぢやや》おりきに来る最大の愉しみは、女将にこうして酌をしてもらうこと！　勿論《もちろん》、板頭の料理を食べることも理由の一つだが、他の客には酌をしない女将がこのあたしにだけしてくれるというのだから、これを愉しみに思わないでどうしようか！　だが、どうしてあたしにだけ？　あたしはてっきり女将が他の客にも酌をしているのだと思っていたが、おうめの話では、女将が酌をするのはあたしだけだというではないか……」

幸右衛門がひたとおりきに目を据《す》える。

おりきはふっと頰《ほお》を弛《ゆる》めた。

「さあ、どうしてでしょうね」

正《まさ》な話、大した理由があるわけではなかった。

他の見世《みせ》のことは知らないが、立場茶屋おりきでは先代の頃から、女将は客室の挨《あい》拶《さつ》に伺《うかが》っても酒の相手はしないという仕来《しきた》りがあった。

が、幸右衛門に連れがあることは滅多《めった》になく、大概《たいがい》が一人である。

おりきは女将になったばかりの頃、一人で膳《ぜん》に向かうのは寂《さみ》しいのではないかと思い、幸右衛門の座敷を一番後に回し挨拶に伺ったところ、案の定、幸右衛門は手酌《てじやく》で酒を飲んでいた。

それで型どおりの挨拶の後、おりきがさり気なく酒を勧《すす》めたのであるが、不思議なことに、十年来の付き合いであるかのような、肝胆相照《かんたんあいて》らすものを幸右衛門に感じたのである。

以来、幸右衛門とは客と女将の矩《のり》を超《こ》え、胸襟《きょうきん》を開く仲となった。

言い換《か》えれば、おりきが二代目女将として成長していく過程《かてい》を幸右衛門は見守り、後《うし》ろ盾《だて》となってくれたのだった。

おりきは幸右衛門の中に、亡くなった父立木《たちき》青雲斉《せいうんさい》の面影《おもかげ》を見ていたのかもしれない。

とにかく、幸右衛門の傍《そば》にいると落着くのである。

とは言え、そこはやはり男と女《おな》ごのこと……。

数年前、長患《ながわずら》いだった内儀を亡くした幸右衛門が、おりきを後添《のちぞ》いにと言い出したことがある。

「あたしの心の中で、おりきさんの占《し》める位置が徐々に大きくなってきてね。そのことに気づいたとき、あたしは慌てたよ。無論、ここに来るのは、巳之吉の料理が食べたいからであり、全てにおいて気扱《きあつか》いのある、この宿を気に入っているからではあるが、それより何より、あたしにはおまえさんの淹《い》れてくれる茶を飲んでいるときや、何気なく交《か》わす世間話など、そのことのほうがどれだけ心地良《ここち》かったか……。あたしはおまえさんに惚《ほ》れている……。はっきりと悟《さと》りました。だが、あたしには病弱な妻がいる。悶々《もんもん》としましたね。心の中で想《おも》うのは勝手です。けれども、それほど辛《つら》いことはない。だから、あたしは極力《きょくりょく》その想いを振り払おうと努《つと》めてきました。だが、その家内が、もういない……」

「いいんだ、いいんだ、おりきさん。突然のことで、おまえさんが驚くのも無理はない。あたしはね、こうして胸の内を打ち明けたところで、断られることは知っている。おまえさんには、この立場茶屋おりきを護《まも》るという使命がありますからね。先代のように、おまえさんという立派な後継者を見つけて身を退《ひ》くというならいざ知らず、現《い》在《ま》のおまえさんには、それもない。おまえさんの腹には、いずれ、おきちを後継者にという想いがあるのだろうが、あの娘《こ》が独《ひと》り立ちするのは、まだまだ先のことだ。では、それまで待とうと言いたいところだが、哀《かな》しいかな、あたしも五十路《いそじ》半《なか》ばに差しかかっていてね。この先何年息災《そくさい》でいられるかどうか分からない。だから、何もかも、世迷《よま》い言《ごと》と解《わか》って言っているんだよ。だがね、生涯、この想いを吐《は》き出さないまま終わるのは、断られるより、もっと辛い……。せめて、おりきさんの前で我が胸の内をさらけ出し、さっぱりとした気持で、再出発しようと思いましてね」

幸右衛門はおりきの前で胸の内をさらけ出し、寂《さみ》しそうに笑った。

おりきには答えようがなかった。

幸右衛門のことは慕《した》っているが、だからといって、先代から託《たく》された立場茶屋おりきを放って京に行けるはずがない……。

幸右衛門にもそれが解っていて、それでも尚且《なおか》つ口にしなければいられなかった気持を思うと、おりきの胸は忸怩《じくじ》としたもので苛《さいな》まれたのだった。

その後、幸右衛門は亡くなった内儀の世話をしてきたお端女《はした》を後添いに直した。

内儀が実家《さと》から連れて来た女ごで、病弱な内儀の世話に明け暮れしてきて、終《つい》しか、女ごとしての幸せを摑《つか》むことが出来なかったお端女に、長年の労に報いる意味で後添いに迎えたのだという。

「まっ、あたしも五十路半ば……。いつ、お迎えが来てもおかしくない歳《とし》になったことでもあるし、欲を言っちゃいけません。割れ鍋《なべ》に綴《と》じ蓋《ぶた》、老《お》いていく身には、相応《ふさわ》しい相手かと……」

幸右衛門はそう照れ臭そうに笑ってみせ、おりきも心《しん》から安堵《あんど》したのであるが、幸右衛門と後添いの暮らしは三年弱しか続かなかった。

後添いのおせつが急死したのである。

「おりきさん、あたしはよくよく女房運の悪い男でしてね。前妻の死後、永《なが》いこと病弱な家内の世話をしてくれたお端女を後添いに直しましたが、それにも亡くなられましてね……」

「三月《みつき》前です。本人は五十路を過ぎても息災なだけが取り柄《え》と口癖《くちぐせ》のように言っていたんだが、いつもは七ツ半（午前五時）には目覚めるおせつが、その日に限って、六ツ（午前六時）になっても寝床から出ようとしないので、不審《ふしん》に思い覗《のぞ》き込んだところ、息絶えていましてね。医者の話では、眠ったまま卒中《そっちゅう》を起こしたとかで、なんとも呆気《あっけ》ない死に方でした」

一年前、幸右衛門はおりきと一緒に善助《ぜんすけ》の墓詣《はかまい》りをした帰り道、坂道で脚《あし》を止めると、おりきを瞠《みつ》めてそう言った。

後添いを貰《もら》ったといっても、老人の茶飲み友達のようなもの……。

おせつのことをそんなふうに言っていた幸右衛門だが、その顔には寂寥《せきりょう》の感が漂《ただよ》っていた。

「わたくし、なんと申し上げてよいのか……。それは、お寂しくなられましたね」

あまりの衝撃《しょうげき》に、おりきには何も言えなかった。

「これが、あたしの宿命《さだめ》なのでしょう。あたしはもう独りで老いていく覚悟を決めました。以前のあたしなら、性懲《しょうこ》りもなく、またもやおまえさんに求婚しただろうが、今や、その元気すらなくてよ。こうして、たまに立場茶屋おりきを訪ね、おまえさんが淹れた美味い茶を飲むことで満足しようと思いましてね」

「ええ、お安いご用ですわ。つくづく、京と品川宿《しながわしゅく》がもう少し近ければと、残念でなりません」

おりきにはそう答えるのが精一杯だった。

が、幸右衛門にはいつまでも息災でいてもらいたい……。

嘗《かつ》ては半年に一度は訪ねてきてくれていたというのに、ここ数年は一年に一度が筒《つつ》一杯《いっぱい》で、一年以上も間が空《あ》くことさえあるのである。

「この頃うち、年に一度の江戸下《くだ》りも些《いささ》か身に応《こた》えるようになりましてな。先《せん》には、年に二度、多い年は三度も江戸に赴《おもむ》いたのが嘘《うそ》のようで、やはり寄る年波《としなみ》には敵《かな》いませんな」

幸右衛門は寂しそうにそう言ったが、食が進まなくなったと聞くと、おりきは居ても立ってもいられない想いに陥《おちい》ってしまうのだった。

おりきはつっと過《よ》ぎったそんな想いを振り払うと、ささっ、平《ひら》に一つ……、と酒を勧めた。

するとそこに、女中頭のおうめがおきちを連れ、蕪のみぞれ仕立てと紅葉鯛の炊き込みご飯を運んで来た。

幸右衛門の顔がパッと輝く。

それもそのはず、椀替わりの蕪のみぞれ仕立てが、手焙《てあぶ》りと一緒に土鍋《どなべ》で出て来たのである。


おうめが赤楽土鍋《あからくどなべ》の蓋を取ると、ワッと湯気《ゆげ》が立ち昇《のぼ》り、摺《す》り下ろした聖護院蕪《しょうごいんかぶら》がみぞれ状に鍋を覆《おお》っていて、その上に、針打《はりう》ちした葱《ねぎ》がふわりと載っかり、そのところどころにあられ状に切った柚子皮《ゆずがわ》が……。

おうめが木杓子《きじゃくし》でみぞれを掻《か》き分けるようにして河豚の白子とぐじの身を掬《すく》い椀に移すと、その上に汁《つゆ》と蕪のみぞれ、葱を載せ、幸右衛門の膳にそっと配す。

「吸《す》い地より些《こ》か濃く味つけして葛《くず》を引いていますので、どうぞ、そのまま召し上がって下さいませ」

「おお、これは……。永年《ながねん》ここに通ってきたが、こういった趣向は初めてだ……」

幸右衛門が興味津々《きょうみしんしん》といった顔をして、早速《さっそく》、椀を手にする。

「みぞれが熱くなっていますので、気をつけて下さいませね」

おりきはそう言うと、おきちに目まじする。

みぞれ仕立ての土鍋と、炊き込みご飯の鍋を取り替えろという意味である。

おきちが手焙りの上に載った土鍋を鍋敷《なべし》きに移し、炊き込みご飯の土鍋を火にかける。

「おりきさん、なんと、白子の美味いこと！　さすがは巳之吉だ……。これまでは白子を二杯酢《にはいず》で食していたが、まさか、こういった食べ方があるとはよ。いや、実に美味い！」

幸右衛門の月代《さかやき》で、粒《つぶ》のような汗が光っている。

おうめは幸右衛門が椀を空ける頃合を計《はか》り、炊き込みご飯の蓋を開けた。

「おお、これは……」

幸右衛門が息を呑《の》む。

笹《ささ》掻《が》き牛蒡《ごぼう》、油揚《あぶらあげ》、生姜《しょうが》を入れて炊き込んだご飯の上に、焼いた鯛頭が……。

見るからに圧巻《あつかん》であった。

おうめが器用な手つきで鯛頭を解し、身を取り分ける。

そうして、身だけをさっくりとご飯に混ぜ込むと、茶椀《ちゃわん》に取り分け幸右衛門の膳へと配す。

「なんと、お焦《こ》げが出来ているではないか……。こいつは美味そうだ！」

幸右衛門が待ちきれないとばかりに茶椀に手を伸ばす。

おりきはこんな幸右衛門を見るのは久し振りのように思った。

「後ほど参りますので、では、ごゆるりと召し上がって下さいませ」

おりきは辞儀をして、浜木綿《はまゆう》の間を後にした。

帳場に戻ると、巳之吉が達吉《たつきち》を相手に何やら深刻な顔をして話し込んでいた。

「どうかしましたか？」

「いえ、それが松風《まつかぜ》の間の客が、無理難題を吹っかけてきやしてね……」

達吉が憮然《ぶぜん》としたように言う。

「松風の間といえば、深川の黒沢屋《くろさわや》さま……。で、難題とは？」

「いえ、難題ってほどのことではありやせんので……。実は、黒沢屋さまが三月《みつき》前《めえ》に京に旅された折、宿で朝粥膳《あさがゆぜん》なるものを食べたそうでやしてね」

巳之吉が慌てて言い繕《つくろ》う。

「朝粥膳……。それは、ご飯の代わりに粥をという意味ではなくて？」

おりきが巳之吉の顔を窺《うかが》う。

「ええ……。なんでも粥の他に、膳の上に小鉢料理《こばちりょうり》が幾種類も配してあるらしくて、あっしも京にいた頃、そんなものがあると聞きやした」

するとと、達吉が糞面白《くそおもしろ》くもないといった顔で毒づく。

「何言ってやがる！　宿の朝餉《あさげ》はご飯に味噌汁《みそしる》、干物《ひもの》に小鉢が二つにお香々《こうこ》と、相場《そうば》が決まってるんでェ！　京の朝粥が食いてェのなら、とっとと京に行けっつゥのよ。こちとら、朝っぱらからそんな手間のかかることが出来るかよ！」

「達吉！」

おりきが鋭い目をして達吉を制す。

「いえね、出来ねえことはありやせん。と言っても、朝餉膳は市造《いちぞう》が受け持っているんだが、現在《いま》のところ市造の味覚がもうひとつ戻らねえもんだから連次《れんじ》が先頭に立って動いてやすが、果たして、あいつらにそれが出来るかどうか……。無論、あっしがやれば済むことなんだが、あっしは魚河岸《うおがし》に行かなくてはなりやせんので、朝餉の仕《し》度《たく》に間に合うかどうか……。黒沢屋の朝餉が五ツ（午前八時）近くになっても構わねえというのであれば、あっしが戻って作ることが出来るのでやすが、黒沢屋は五ツには出立《しゅったつ》したいと言いなさる……。それで頭を抱《かか》えていたんでやすがね」

「だからよ、そんなものは断っちまえばいいのよ！　うちは夕餉膳《ゆうげぜん》に重きを置く旅籠《はたご》なんだからよ。言ってみれば、朝餉はおまけみてェなもの……。第一《でえいち》、朝餉に手の込んだことをしたんじゃ、現在《いま》の宿賃では足が出ちまわァ！」

達吉が忌々《いまいま》しそうに言う。

「ところが、おみのが聞いて来た話じゃ、鳥目《ちょうもく》（代金）に色をつけてもいいから是非《ぜひ》にってことで……。そうまで言われて出来ねえってのでは、立場茶屋おりきの名が廃《すた》りやすからね。解りやした。明日はいつもより一刻《いっとき》（二時間）ばかし早めに仕入れに出て、なんとか間に合うように作ってみやしょう」

巳之吉は腹を括《くく》ったとばかりに、おりきの目を瞠めた。

「大丈夫ですか？　わたくしには見当もつかないのですが、巳之吉はどんなふうにするのか目星《めぼし》をつけているのですか？」

おりきが心配そうに巳之吉を見る。

「黒沢屋が食べたという京の朝粥膳とは違うかもしれやせんが、なに、あっし流の朝粥膳をお出しすれば済むことでやすから……。どのみち、落胆《らくたん》させるようなことはしやせんので安心して下せえ」

巳之吉は自信に満ちた口ぶりでいった。

「それで、吉野屋さまはいかがでやした？　少しは食べて下さりやしたでしょうか」

巳之吉が改まったように訊《たず》ねる。

「ええ、少しなんてものではありませんよ。お出しした料理を余すことなく食べて下さり、さすがは巳之吉だ、食べたいという意欲を湧《わ》き起こしてくれた、と悦《よろこ》んでおられましたからね。ことに、生雲丹のかるかん揚と蕪のみぞれ仕立てには感激された様子でした」

「さいですか……。そいつァ良かった！」

巳之吉が安堵したように言うと、達吉も割って入ってくる。

「吉野屋のお品書だけ他の部屋のものと変えた甲斐《かい》があったってわけでやすね。あっしはそんなことをしたんじゃ二度手間だと思ったんだが、それが気扱ってもの……。なら、てこたァ、黒沢屋の朝餉膳だけ特別に作るってこともあり得《う》るってことか……。なら、仕方がありやせんね。けど、願わくば、御座切《おざぎり》（これっきり）ってことにしてもらいてェ……。それでなきゃ、板頭の身が保《も》たねえからよ。板頭は立場茶屋おりきの宝なんだ。朝っぱらから扱《こ》き使って身体《からだ》でも毀《こわ》されたんじゃ、おてちんだからよ！」

どうやら、達吉は巳之吉が朝粥膳を作ることに、まだ納得していないとみえる。

「大丈夫《でえじょうぶ》でやすよ。大番頭さんは心配性《しんぺえしょう》なんだから……。あっ、待てよ……」

巳之吉は何か考えているようだった。

「女将さん、吉野屋さまにも朝粥膳をお出ししてはどうかと思いやすが……。と言うのも、吉野屋さまは京のお方です。ならば、一度くれェ目にするか食べられたことがあるかと……」

おりきにも巳之吉が言おうとすることが解った。

自《みずか》ら食道楽《しょくどうらく》と豪語《ごうご》して憚《はばか》らない幸右衛門に食べてもらい、感想を聞きたいのに違いない。

「ああ、それはよい思いつきですこと！　吉野屋さまなら忌憚《きたん》のない意見を聞かせて下さいますものね」

おりきが賛同し、これで決まりである。

巳之吉が会釈《えしゃく》をして、板場へと戻って行く。

「けど、巳之吉の奴、一体《いってえ》どんな朝粥膳を考えているんでやしょうね」

達吉がちらとおりきを窺う。

「さあ、見当もつきませんわ。けれども、巳之吉に委《まか》せておけば大丈夫ですよ。恐らく、既《すで》に腹積《はらづ》もりが出来ているのでしょう。では、そろそろお薄《うす》を点《た》てに参りましょうかね」

おりきは再び客室へと向かった。

浜千鳥《はまちどり》の間から始めて、最後に浜木綿の間へと……。

幸右衛門は甘味《かんみ》の柚葛饅頭《ゆずくずまんじゆう》を食べていた。

「いかがでございました？　堪能《たんのう》していただけたでしょうか」

お薄を点てながらおりきが訊ねると、幸右衛門は満足げに目許《めもと》を弛めた。

「ああ、堪能しましたぞ！　最後の炊き込みご飯など、お代わりをしたほどだからね」

おりきが幸右衛門の膝前《ひざまえ》に、そっと抹茶茶碗《まつちやぢやわん》を差し出す。

「それはようございました。巳之吉が聞きましたら悦ぶことにございましょう」

ふと、前もって明日の朝餉膳について触《ふ》れておいたほうが……、という想いが頭を過ぎったが、おりきは口には出さず、幸右衛門に微笑《ほほえ》みかけた。

「先日、三米《さんべい》さまからあすなろ園の子供たちにと、絵が届いたのをご存知でしょうか」

幸右衛門はつつっと音を立てて茶碗に残ったお薄を啜《すす》ると、いやっと首を振った。

「この春、善助の墓詣りに戻った際、子供たちの姿を生写《しょううつ》ししたと言っていたが、では、あの折の絵が完成したのか……。そう、それがあすなろ園にね……。さぞや、子供たちが悦んだことだろう？」

「それはもう大悦びでして……。早速《さつそく》、額装《がくそう》してあすなろ園に飾っているのですが、宜《よろ》しければ、明日、出立なさる前にごらんになりますか?」

「ああ、それは是非にも見せてもらおう。だが額装したとは、かなり大きな絵なのだね?」

「ええ、横が一間《けん》、縦《たて》が半間……」

「なんと、三米もきばったものではないか! 勿論彩色《さいしき》してあるのだろう?」

「ええ、背景を金泥《きんでい》にして、それは見事な絵ですことよ。どうか明日をお愉しみに……」

「ああ、愉しみにしておこう」

幸右衛門はおりきをふわりとした笑みで包み込んだ。


翌朝、巳之吉の作った朝粥膳を見て、おりきも達吉も息を呑んだ。

竹で編《あ》んだ平籠《ひらかご》に羊歯《しだ》の葉を敷《し》き詰め、その中に様々な形をした小鉢、小皿料理が十品……。

染付小皿《そめつけこざら》にはちりめん下ろしが、白磁鉢《はくじばち》には法蓮草《ほうれんそう》の胡麻和《ごまあ》えがといった具合に、焼鮭《やきじゃけ》、出汁《だし》巻玉子《まきたまご》、きんぴら牛蒡、納豆豆腐《なっとうどうふ》、岩海苔《いわのり》のさっと煮、ぴり辛蒟蒻《からこんにゃく》、鱈《たら》の子のしぐれ煮、茶碗蒸《ちゃわんむ》しが彩《いろど》りもよく並んでいるのである。

それとは別に黒漆《くろうるし》の平膳《ひらぜん》に、粥用のお椀と赤出汁《あかだし》、香《こう》の物、梅干《うめぼし》が載せてあり、粥は黒楽焼《くろらくやき》の行平《ゆきひら》に……。

まさに意表《いひょう》を突いた趣向であった。

夕餉膳に比べれば、手の込んだ料理は一つもないが、小鉢の数の多さに目を奪《うば》われ、これなら朝から贅沢《ぜいたく》なものを食べたという感がするだろう。

「いかがでやしょう」

巳之吉がおりきの反応を窺う。

「小鉢の多さには目を瞠りましたが、なかなか気が利《き》いていて、これなら黒沢屋さまも満足なさるのではないかと思いますよ」

「あっしもそう思いやす。一つ一つを見ると、大《てえ》した量ではねえのに、こうして小鉢が膳の上に並んでいるのを見ると、圧巻といってもいい……。巳之《みの》さんも考えたものよのっ……」

達吉も感心したように頷《うなず》いた。

とは言え、朝粥膳が松風の間と浜木綿の間に運ばれていってからも、おりきは気が気ではなかった。

と言うのは、朝餉膳で女将が客室の挨拶に立つことはなく、従って、客の反応をその目で確かめることが出来ないからである。

松風の間にはおみのが、そして浜木綿の間にはおきちが膳を運んで行ったはずである。

おみのにもおきちにも客の反応を確かめて報告に来るようにと伝えてあったが、何故《なぜ》かしら、おりきは居ても立ってもいられない想いであった。

その様子を見て、達吉がぷっと噴《ふ》き出した。

「女将さん、少しは落着いて下せえよ。たかが朝餉膳ではありやせんか……」

おりきはきっと鋭い視線を達吉に投げかけた。

「たかがとは何事ですか！　朝餉膳は旅籠での滞在を締《し》めくくる大切なものです。せっかく夕餉膳で満足してもらえても、朝餉でがっかりさせてしまったのでは、お客さまは二度と立場茶屋おりきに泊《と》まる気にはなれません！　旅籠の善《よ》し悪《あ》しは朝餉で決まるといっても過言《かごん》ではないのです」

おりきの言葉尻がきつかったのか、達吉が途端《とたん》に潮垂《しおた》れる。

「へい。済みやせん。ただ、あっしは女将さんがあんましそわそわなさるんで、つい……」

「言い方がきつくて済まなかったね。けれども、今言ったことに嘘はありません。朝は一日の始まりですもの……。朝餉を美味しく頂いたと思い宿を後にするのと、不満に思うのでは大きな違いですからね。あっ、おみのが二階から下りて来たようです。大番頭さん、早くおみのを……」

　達吉が慌てておみのを帳場に呼び入れる。

「黒沢屋さまはなんと？」

　おりきが待ちきれないとばかりに訊ねる。

　おみのは指先で丸を作ってみせた。

「大満足のようでした！　京で食べた朝粥膳とは様子が少し違ったようでしたが、立場茶屋おりきのほうが気が利いているって……。それに、奥さまが粥を大層褒《ほ》めて下さいましてね。なんでも、粥を美味しく炊くことほど難《むずか》しいことはないそうで……。まったりとした味がして、こんなに美味しい粥を食べたのは初めてだとおっしゃいましてね。板頭が粥の上にあられを散らしたのも、芳ばしくてなんとも言えないって！」

　おみのが興奮したように言う。

「そうですか……。気に入ってもらえたようで安堵いたしましたわ。早速、巳之吉に報告しませんとね！　きっと、悦ぶことと思います」

「あっ、おきちが下りて来たようですぜ……。おきち、ほら、こっちに来な！」

階段を覗いていた達吉が、おきちを手招きする。

おきちはおみのと入れ違いに帳場に入って来た。

「吉野屋さまは朝粥膳のことをなんとおっしゃっていましたか？」

おりきが訊ねると、おきちは首を傾げた。

「たぶん、気に入られたのじゃないかしら……。いつもと趣向が違うので驚いていらっしたみたいだけど、老いて胃の腑《ふ》が弱くなった自分には、粥が有難《ありがた》いと言われましたからね」

おりきはつと眉根《まゆね》を寄せた。

老いて胃の腑が弱くなった自分には、粥が有難いとは……。

皮肉にも聞こえる幸右衛門の言葉に、おりきの胸がきやりとした。

「それだけですか？」

「それだけとは……」

おきちがとほんとした顔をする。

すると、達吉が気を苛《いら》ったようにせっつく。

「つまりよ、気が利いてるとか、美味《うめ》ェとか何か言わなかったのかよ！」

「言いましたよ。いつもと趣向が違うねって……。ああ、それから、あとで女将さんに逢《あ》いに来るからって……」

おりきと達吉は顔を見合わせた。

あとで逢いに来るとは……。

では、朝粥膳の趣向は奇《き》を衒《てら》っているとでも思ったのであろうか……。

だが、幸右衛門には朝餉の後、あすなろ園に案内すると言ってあるのである。

そのためにおりきに逢いに来るのだとすれば問題はないのだが、今のおきちの言い方ではどちらとも採《と》れない。

おきちはもういいかといったふうに、おりきをちらと見た。

「ええ、行ってもいいですよ」

おきちがやっと解放されたといった顔をして、帳場を出て行く。

「吉野屋の反応が気になりやすね」

達吉が困《こう》じ果てた顔をする。

「あとで、わたくしが直接訊ねてみますよ。朝餉の後、あすなろ園にお連れする約束がありますのでね」

「吉野屋があすなろ園に？　あっ、翌檜童図《あすなろわらべず》を見せるんでやすね！　成程、それで女将さんに逢いに来ると言われたんだ……。なら、案じるこたァありやせんぜ」

達吉がほっと太息《ふといき》を吐《つ》く。

「やはり、昨夜のうちに朝粥膳のことを耳打ちしておけばよかったのでしょうね。黒沢屋さまはご自分が注文なさったので解っておいでしたが、吉野屋さまには驚きのほうが強かったのでしょう。それで、朝粥膳の趣向は食の進まなくなった自分のためにと思われたのではないでしょうか……」

「ああ、きっとそうでやしょう。それで、老いて胃の腑が弱くなった自分という言葉が出たのでしょうな……。あっしは嫌味《いやみ》に取られたのかと一瞬きやりとしやしたが、やれ、ひと息吐きやしたぜ……」

どうやら、達吉もおりきと同じ想いだったようである。

「じゃ、巳之吉に報告するのは、女将さんが直接吉野屋の感想を聞いてからってことで……」

「ええ、そのほうがいいでしょうね」

おりきと達吉はどうにか胸に折り合いをつけ、各々の仕事に戻っていった。

幸右衛門が帳場に顔を出したのは、それから一刻後のことである。

朝は客の見送りで遽《あわただ》しいおりきのために、どうやら、わざとゆっくりしてくれていたようである。

「ひと段落《だんらく》ついたかえ？」

幸右衛門は帳場に入って来ると、長火鉢《ながひばち》の傍に腰を下ろした。

「吉野屋さまの出立のご予定は何刻《なんどき》でしょうか」

おりきがお茶を淹れながら訊ねる。

「なに、四ツ（午前十時）頃にここを出れば充分間に合うのでな。三米の絵を見るくらいの余裕《ゆとり》はあります」

「では、お茶を一杯召し上がって下さいませ。吉野屋さま、今朝の朝粥膳はいかがでしたでしょうか」

おりきが茶を勧めながら、幸右衛門を窺う。

「ああ、あれか……。昨夜に引き続き、巳之吉の気扱には胸を打たれましたぞ！　朝粥というと、どうしても病人臭さや抹香臭《まっこうくさ》さが拭《ぬぐ》えないが、あの気の利いた趣向は朝粥を一気に馳走《ちそう》に引き上げましたからね。小鉢に入ったお菜《さい》はいつもの朝餉となんら変哲《へんてつ》がないのに、なんだか贅沢《ぜいたく》をさせてもらっているような気がしましたからね。一口で食べられそうなお菜の量がこれまたいい！　もう一口ほしいと余韻《よいん》を残させるとは、なんと心憎《こころにく》いことを……」

　幸右衛門は茶目っ気たっぷりに目許を弛めた。

　どうやら、世辞口《せじぐち》ではなさそうである。

「実は、あの朝粥膳は吉野屋さまのために特別に作ったというわけではありませんの……」

　おりきは昨夜になって急に、以前京で食べた朝粥膳が忘れられないのでどうしても作ってほしい、と客から頼まれたのだと話した。

「ほう、それで、あたしにも……」

「吉野屋さまは京のお方ですし、日頃から口が肥《こ》えていらっしゃるので、是非にも感想をお聞きしたいと思いましてね。以前、どこかで朝粥膳を食べられたことがありまして?」

「いや、食べたことはありません。だが、そのようなものがあることは知っていましたよ。何しろ、京は寺が多く、精進料理《しようじんりようり》や豆腐料理《とうふりようり》の見世が多い……。祇園《ぎおん》で夜っぴて遊んだ旦那衆《だんなし》が朝帰りの帰途《きと》、胃の腑に負担《ふたん》のかからない白粥《しらがゆ》をと所望《しよもう》し、それだけでは寂しいので小鉢をちょこちょことつけたのが始まりなのでしょうが、どこでどんなふうに出しているのかまでは知りません。が、何も京と比較することはありませんよ。巳之吉は巳之吉の朝粥膳を作ればよいのだし、あたしは気に入りましたよ。で、昨夜、突然、朝粥膳を作ってくれと頼んだ客の反応はどうだったのですか？」

「京で食べた朝粥膳とは様子が違うようだが、立場茶屋おりきのほうが気が利いていると……」

「だったらよいではありませんか。あたしも大いに気に入りましたよ。この次来たときにも所望したいほどです」

「それを聞いて安堵いたしました。きっと、巳之吉も悦ぶことと思います」

「いっそ、立場茶屋おりきの朝餉は朝粥膳と決めてはどうです？　案外、評判を呼ぶかもしれませんぞ」

いっそ、立場茶屋おりきの朝餉は朝粥膳……。

成程、面白いかもしれない。

今朝の朝粥膳を見る限り、さして手の込んだ料理はなく、あれなら、盛りつけの要領を呑み込めば、市造や連次たちにも作れるのではなかろうか……。

が、問題は、朝から粥では心許《こころもと》ないと思う客である。

ならば、ご飯と粥の両方を用意して、客の要望に応《こた》える形にすればよい……。

おりきは幸右衛門の顔を真っ直ぐに見た。

「吉野屋さま、よい知恵を授《さず》けて下さいました。巳之吉と相談しまして、朝粥膳が立場茶屋おりきの売り物にならないものか検討してみます」

「おいおい、まったく女将は気が早いんだからよ！　だが、よいことはすぐに取り入れようとする、おまえさんのそんなところがあたしは好きなんだがよ。じゃ、そろそろ三米の絵を見に行くとするか！」

幸右衛門が立ち上がる。

おりきも後に続き帳場を出た。

「三米さまの絵に画題がついていましてね。翌檜童図……。三吉《さんきち》の、いえ、三米さまの子供たちへの想いがひしひしと伝わってきて、感激いたしましたのよ」

中庭から裏庭へと抜けながら、おりきが呟《つぶや》く。

「ほう、翌檜童図か……。明日は檜《ひのき》になれとすくすく育つ……。女将、良かったな！」

幸右衛門がおりきの顔を覗き込む。

「はい。あすなろ園の子供たちもそうですが、三米さまが心根《こころね》の優《やさ》しいよき若者に育ってくれたことを誇りに思います」

おりきははっきりと言い切った。

「おっ、女将、いるかえ？」

亀蔵が訪《おとな》いも入れずに、のそっと帳場に入って来る。

すると、金箱《かねばこ》の金を数えていた達吉が、慌てて後ろ手に金箱を隠そうとした。

「てめえ、この野郎！　俺さまを誰だと思ってやがる。金箱に大金《てえきん》が入《へえ》っているのかしらねえがよ、俺《おり》ゃ、他人《ひと》さまの金なんかに関心がねえんだよ！」

亀蔵が業《ごう》が煮えたようにどしめく。

おりきはくすりと笑った。

「親分、いきなりだったものだから、大番頭さんは驚いただけですわよ。あら、それは？」

おりきが亀蔵の手にした風呂敷包《ふろしきづつ》みを見て、首を傾げる。

「おっ、これか？　こりゃ、袴着用《はかまぎよう》の着物よ。今、貞乃《さだの》さまから借りてきたばかりでよ」

亀蔵はそう言うと、どかりと長火鉢の傍で胡座《あぐら》をかいた。

「袴着用といいますと、どなたの？」

おりきが茶の仕度をしながら亀蔵を窺う。

「おお、よくぞ聞いてくれた。それがよ、今年はみずきの帯解《おびとき》じゃねえか……。いや、去年やったのは前祝いでよ。本当は今年があいつの帯解なんだ。ところが気の早《はえ》ェ俺のことだから、一年前倒《まえだお》しして、みずきの帯解の祝いを去年やっちまったじゃねえか……。俺ャよ、そのことが神仏の逆鱗《げきりん》に触れて、みずきが大火傷《おおやけど》をしたんじゃなかろうかと、あれからずっと悔《く》やんできたんだ……。それで、今年が本当の帯解なんだから、運気《うんき》を上げるためにもこれはなんでももう一遍祝わなくっちゃと思ってよ。そしたら、ふっと、おまきのところの下から二番目の餓鬼《がき》……。なんてったっけ？」

「和助《わすけ》ちゃんですか？」

「そう、その和助よ。確か、和助は今年五歳……。てこたァ、袴着じゃねえかと気づいたってわけでよ。それで、下高輪台《しもたかなわだい》を訪ねたところ、おまきの奴もそのことを気にしていてよ。聞けば、袴着に着せる羽織袴《はおりはかま》がねえというじゃねえか……。ほれ、亭主の春次《はるじ》が前妻のお廉《れん》に手切金《てぎれきん》として二十両渡したばかりだろ？　その大部分をおりきさんがおまきに持たせた持参金で賄《まかな》ったといっても、春次も取引先から七両ほど前借りしていたもんだから、その後の遣《や》り繰《く》りが大変《てえへん》らしくてよ。おまきの話じゃ、四人の子にひもじい想いをさせねえように食わせていくだけで筒一杯で、古手屋《ふるてや》の吊《つる》しで間に合わせようにも、それすら現在《いま》のあいつらには叶《かな》わねえのだと、おまきが涙を浮かべて言うじゃねえか……。それで、上の幸助《こうすけ》やお京《きょう》のときにはどうしたのかと訊《き》くと、これまで男所帯だったものだから、春次は餓鬼の祝いなどに気が廻《まわ》らなかったというのよ。けど、そりゃ、おまきが後添いに入《へえ》る前《めえ》のことだろ？　おまさの奴、自分がこの子らの母親となったからには、せめて人並《ひとなみ》なことをしてやりてェと……。それで、てめえの着物を売り、和助の羽織袴を古手屋で求めようかと思っていたところだ、とそう言うのよ。そんな話を聞いて、この俺さまが放っておけると思うかえ？　ああ、喉《のど》がからついちまった……。おりきさん、茶をもう一杯《いっぺえ》くんな！」

　亀蔵が湯呑《ゆのみ》をぐいと突き出す。

「それでよ、俺ャ、思い出したのよ。去年、みずきが帯解の祝いをしたとき、確か、おぎんがあすなろ園の子供たちにといって、袴着用の着物を寄贈《きぞう》してくれたんだったっけ、とな……。そう、あのときは確か悠基《ゆうき》がそれを着て袴着を祝ったんだよな？　が、今後は海人《かいと》やこれから先あすなろ園に入《へえ》って来る子のためにと、貞乃さまが保管することになった……」

「ああ、それで貞乃さまから着物を……。それはよく気がついて下さいましたね。さぞや、おまきも悦ぶことでしょう。さっ、お茶をどうぞ！」

「それだけじゃねえぜ。みずきの振袖《ふりそで》は去年おさわが作ってくれたものだが、今年、帯解を済ませちまったら、もう用がねえからよ。今後は茜《あかね》のために使ってくれと、あすなろ園に寄贈するつもりなんだ……」

「けど、親分、こうめさんの腹ん中には赤児《やや》が……。女ごの子だったら、その子に着せなきゃならねえでしょうが……」

達吉が槍《やり》を入れると、亀蔵がムッとした顔をする。

「てんごうを言うもんじゃねえや！　こうめの腹の子は男の子と決まってるんだからよ」

「親分、またそんなことを……。男の子か女ごの子かは生まれてみなければ判《わか》らないではありませんか」

おりきがやんわりと窘《たしな》めるが、亀蔵は聞く耳を持たない。

「男の子に決まってらァ！　おさわだって言ってるからよ。みずきのときに比べて、こうめの腹が前へと突き出て、此の中、面差《おもざ》しがきつくなったって……。それに、腹ん中で大暴れするそうでよ。どう考えても、男の子以外は考えられねえ」

「へっ、ただのじゃじゃ馬かもしれねえというのによ……。親莫迦《おやばか》ちゃんりん、蕎麦《そば》屋《や》の風鈴《ふうりん》ってなもんでよ。親分の爺莫迦《じじばか》もここまで来れば、開いた口が塞《ふさ》がらねえや！」

達吉がひょっくら返すと、亀蔵は芥子粒《けしつぶ》のような目をカッと見開いた。

「置きゃあがれ！」

おりきが慌てて割って入る。

「まあま、二人とも……。子は天からの授かりもの。元気な子であれば、どちらでも構わないではありませんか。けれども、親分がそうしてみずきちゃんの振袖を茜ちゃんに着せたいと思って下さる気持に胸を打たれました。有難うございます。わたくしからも礼を言わせて下さいませ」

おりきが頭を下げる。

「止《よ》しとくんな。俺ャ、礼を言われるためにそうしようと思ってるわけじゃねえからよ。それでよ、明日が七五三だ……。俺とこうめがみずきを連れて三田八幡宮《みたはちまんぐう》にお詣りするつもりなんだが、おまきも子供たちを連れて詣るというからよ。明日は八文屋《はちもんや》を休みにして、うちでみずきと和助の祝いをしようと思ってよ。午前中宮詣りをして、中食時《ちゅうじきどき》に祝膳《いわいぜん》をと思ってるんだが、どうでェ、おりきさんも顔を出してくれねえかな？　おさわが餓鬼どもが悦びそうな美味《うめ》ェ料理を腕に縒《よ》りをかけて作るそうでよ……。中食時なら、おめえも旅籠を抜け出せるのじゃねえのかよ」

「あら、それはなんでも伺わなければなりませんわね。大番頭さん、いいかしら？」

　おりきが達吉を窺う。

「ようがす。おまきのためにも是非顔を出してやって下せえ。祝言《しゅうげん》以来、あいつ、一度もここに顔を出していやせんからね。忙しいのだろうと思ってはいたが、お廉って女ごのために、おまきが金に不自由しているのかと思うと、なんだか遣り切れなくて……」

　達吉がしんみりとした口調で言う。

「おいおい、金に不自由しているといっても、食うに事欠くほど生活《たつき》に窮《きゅう》しているわけじゃねえんだ。ただ、袴着の晴着を買ってやれねえというだけなんだから誤解してもらっちゃ困るぜ……」

　どうやら亀蔵は尾に尾をつけて話したとみえ、途端に挙措《きょそ》を失い、しどろもどろ……。

　おりきは軽く咳《しわぶき》を打つと、では、明日は一刻半《いっときはん》（三時間）ほど暇を貰《もら》いましょうかね、と言った。

　するとそのとき、玄関側の障子《しょうじ》の外から下足番見習《げそくばんみならい》の末吉《すえきち》が声をかけてきた。

「女将さん、幾千代姐《いくちよねえ》さんがお越《こ》しでやす」

おりきは亀蔵と顔を見合わせた。

幾千代に逢うのは久し振りのように思えたのである。

「どうぞ、お通し下さいな」

幾千代はお座敷を抜けてきたのか、芸者姿であった。

紫紺《しこん》の五ツ紋で、裾模様《すそもよう》は秋らしく紅葉《もみじ》や秋草に囲まれた御所車《ごしょぐるま》……。

心持ち斜《はす》に締《し》めた繻子《しゅす》の帯が、また一段と幾千代を乙粋《おついき》に見せている。

「すっかり無沙汰《ぶさた》をしちまって……」

幾千代が懐《なつ》かしそうに言う。

「本当に……。この前お逢いしたのが春でしたから、かれこれ半年近くお逢いしていなかったのですね。これまでは、こんなに永く幾千代さんにお目にかからなかったことってありませんものね。お忙しくしていらっしゃったのでしょう？」

おりきが茶の仕度をしながら言うと、幾千代は照れたようにふっと片頬《かたほお》を弛めた。

「いえね、鬼の霍乱《かくらん》とでもいうのかね。この夏、ちょいとばかし体調を崩しちまってね」

おりきは茶を注《つ》ごうとした手を、ぎくりと止めた。

「体調を崩したとは……」

「えっ、幾千代、病《やまい》に臥《ふ》していたのかよ？」

亀蔵も驚いたように言う。

「嫌《いや》だよ、病といえるようなものじゃないんだから……。ああ、だから、あちしは言うのが嫌だったんだよ」

幾千代が忌々しそうに唇を噛《か》む。

「解ったよ。いっそのやけ、言っちまったほうがすっきりする！　いえね、お座敷に出ていてもカッと頭に血が昇ったようで、やたら汗をかくし、眠っていても首の後ろが燃えているようでさ……。頭痛はするし、どこかしら身体が怠《だる》くってさ。素庵《そあん》さまの話では血の道だろうってことで、女神散《にょしんさん》を調剤《ちょうざい》してもらって飲んでたんだよ」

「幾千代が血の道……」

亀蔵が目をまじくじさせる。

「けど、幾千代姐さんはまだそんな歳じゃ……」

達吉はそう言いかけて、あっと口を閉じた。

「何言ってんのさ！　あちしは五十路に手が届こうって歳なんだよ。素庵さまに言われるまではあちしもまだ若いつもりでいたんだけど、血の道と聞いて、ハッと我が歳を思い知らされたみたいで愕然《がくぜん》としちまってさ……。この夏が暑かっただけに、余計こそ、何をするのも億劫《おっくう》になってさ。二廻《ふたまわ》り（二週間）ほど、お座敷に出るのを控《ひか》えていたんだよ。これまではよっぽど酷《ひど》い風邪《かぜ》を引かない限り、お座敷を休むなんてことをしなかったあちしだよ？　こんなことは芸者稼業《かぎょう》を始めて初めてのことでさ……。そんなわけで、ここにも顔が出せなかったのさ」

「幾千代さん、水臭《みずくさ》いではありませんか……。そんなことがあったのなら、何故、ひと言声をかけて下さらなかったのですか？　巳之吉に弁当を作らせて、見舞いに上がりましたのに……」

おりきが恨《うら》めしそうに言う。

「ほら、知らせると、すぐにそういうことになるだろう？　だから、あちしは幾富士《いくふじ》にもおたけにも固く口止めしておいたのさ」

「………」

おりきが困じ果てたような顔をする。

幾千代の真意が今ひとつ解らない。

幾千代は寂しそうに、ふふっと笑った。

「おりきさんにはまだ理解できないだろうけど、気分が優《すぐ》れないときって、何がどうということもなく憂鬱《ゆううつ》でさ……。そんなときには他人《ひと》に逢いたくないんだよ。幾富士やおたけは家族だから傍にいても仕方がないが、あいつらとも、ろくすっぽう口を利かなかったからね。あちしの心を慰《なぐさ》めてくれたのは、猫の姫《ひめ》だけ……。だから、おりきさん、気にしないでおくれ。けど、もうすっかりいいんだよ。疾《と》うの昔にお座敷にも復帰しているし、こうして、今日はおりきさんの顔を見に来られたんだもの……。今朝、無性《むしょう》におまえに逢いたくなってさ！　それで、お座敷の合間を縫《ぬ》って、ここに来たってわけなのさ」

幾千代はそう言うと、巾着《きんちゃく》袋《ぶくろ》の中から越《こし》の雪（干菓子《ひがし》）を取り出した。

「越後《えちご》から来た客に貰ったんだけど、一緒に食べようと思ってさ！」

「おっ、越の雪じゃねえか！」

亀蔵が目を輝かせる。

「親分の大好物ですものね。では、早速、皆で頂きましょうか」

おりきが改めてお茶を淹れ、皆に勧める。

「そりゃそうと、この間、大変なことがあったんだってね？　藤木《ふじき》浩之進《こうのしん》って浪人は、確か、親分が連れて来た茶立女《ちゃたておんな》の亭主じゃなかったかえ？」

幾千代が思い出したように言う。

亀蔵はあからさまに不快な顔をした。

「どうしてェ！　血の道で永《なげ》ェことお座敷を休んでいたというわりには、随分《ずいぶん》と耳聡《みみざと》いじゃねえか……。ああ、そうだよ。だが、言っとくが、浩之進は百世《ももよ》の亭主といっても、三年以上も前《めえ》に縁の切れた男だからよ。浩之進が何をしようが、百世にゃ関係がねえ話だし、勿論のこと、立場茶屋おりきにも関係がねえ……。世間が百世のことをどう言ってるか知らねえが、百世に後ろ指を指《さ》すような者がいたら、この俺が黙っちゃねえからよ！」

亀蔵が気を苛ったように鳴り立てる。

「おお、鶴亀《つるかめ》鶴亀……。余計なことを言うんじゃなかったよ。いえね、あちしが言いたかったのはそんなことではなく、親分をはじめとして、おりきさんや店衆《たなし》の皆がよくその女ごを支えてやってくれたねってことでさ……。あちしはお座敷で客が話しているのを耳にしたんだが、百世って女《ひと》のことを思うと、切《せつ》なくなっちまってね……。そりゃさ、形のうえでは縁が切れていたかもしれないが、一度契《ひとたびちぎ》りを結んだ相手とあっては、そうそう割り切れるものじゃないからさ。可哀相《かわいそう》に、その女ごはこれからも心に深い疵《きず》を抱えていかなければならないんだよ。それは、あちしの通って来た道だから、よく解るんだ……。親分、おりきさん、あちしからも頼みます。どうか、これから先もその女《ひと》の支えになってあげて下さいな。嫌だァ、あちしったら！　あちしがこんなことを言うのは僭越《せんえつ》だよね？」

　幾千代が首を竦《すく》めてみせる。

「とんでもありません、僭越だなんて……。百世のことでそこまで気を遣《つか》って下さり、有難うございます。おっしゃるように、ご亭主があんなことになり、百世の衝撃は大きかったようです。とは言え、百世は気丈《きじょう》な女ごですので、自ら茶屋衆《ちゃやし》の前で頭を下げ、迷惑をかけて済まなかったと謝りましたからね。けれどもそのことで、他の茶立女たちとの間にまだ少しあった、溝《みぞ》のようなものが一気に払えましたのよ。百世が武家の出ということもあり、これまでは一見蟠《わだかま》りがなさそうに見えても、目に見えない溝のようなものがありましてね。ところが、百世の来《こ》し方や心の襞《ひだ》まで垣間《かいま》見てしまってからは、皆して百世を支えようという気持になったようです」

「そういうこった……。幾千代が心配《しんぺえ》してくれるのは嬉《うれ》しいが、現在《いま》じゃ、この俺でさえ出る幕がねえほどだからよ」

　亀蔵がニッと笑い、越の雪を口の中に放り込む。

「やっぱ、いつ食っても美味《うめ》ェや！」

　おりきと幾千代が顔を見合わせ、くすりと肩を揺《ゆ》らす。

　そうそう、この笑顔……。

おりきには、意気銷沈《いきしょうちん》した幾千代など考えられなかった。

幾千代にはいつも小股《こまた》の切れ上がった鉄火《てっか》な姐御肌《あねごはだ》でいてもらいたいのである。

おりきの胸がカッと熱くなった。

幾千代がいなくなったときのことを考えるだに怖ろしい。

それほど、今や、おりきにとって幾千代はなくてはならない大切な存在となっていたのだった。

とは言え、この春、姫が産んだ子猫が一匹残らず死んでしまったとき、おりきの前で涙を流した幾千代……。

気丈で、日頃は滅多に人前で涙を見せることのない幾千代だからこそ、その涙はおりきの胸を揺さぶった。

と同時に、それはおりきが幾千代の中に初めて見た、か弱い部分でもあった。

そう思うと、幾千代が愛《いと》しくて堪《たま》らない。

「幾千代さん……」

おりきが幾千代の目を瞠める。

「なんだえ?」

「ううん、いいの……」

おりきは照れたように首を振った。

「なんだえ、どうしたのさ」

「いえ、いいの……」

そんな二人を、亀蔵と達吉がとほんとした顔をして眺《なが》めていた。


「あらっ、これは……」

八文屋の暖簾《のれん》を潜《くぐ》り、思わずおりきは目を疑った。

見世を間違えてしまったのかと思ったのである。

それほど、その日の八文屋は日頃と様変《さまが》わりしていた。

と言うのも、常なら四人掛けの飯台《はんだい》が並列《へいれつ》に四つ並べられているのに、この日は横一列に並べられ、飯台の真ん中に寿司桶《すしおけ》に入ったちらし寿司が、その横の大鉢には筑前煮《ぜんに》が、また大皿には小鯛の焼物《やきもの》が、と所狭しとおさわの手料理が並べられていたのである。

が、見世には鉄平《てっぺい》と春次が気恥《きは》ずかしそうに坐《すわ》っているだけで、子供たちの姿が見当たらない。

「あっ、女将さん……。よくお越し下せえやした。今、こうめたちを呼びやすんで、どうぞお掛けになって……」

鉄平がおりきを認めると樽椅子《たるいす》を勧め、慌てて奥に声をかけた。

「おぉい、女将さん、お越しだぜ！」

すると、板場から、おさわとおまきが慌てて出て来た。

続いて、どうやらこうめと奥の食間で待っていたらしく、子供たちが小鳥の囀《さえず》りさながらざわざわと見世の中に入って来る。

みずきは薄桃色地《うすももいろじ》に梅や鳳凰《ほうおう》をあしらった振袖を纏《まと》い、髷《まげ》には去年おりきが祝ってやった金銀の鶴飾《つるかざ》りのついたびらびら簪《かんざし》が……。

手絡《てがら》の色が去年と違って深紅《しんく》なのは、今年新《あら》たに誂《あつら》えたからだろう。

そして、和助はといえば、これまた日頃のやんちゃぶりはどこへやら、羽織袴を纏って取り澄《す》ました顔をしているではないか……。

二人の手には、しっかと千歳飴《ちとせあめ》の袋が握られている。

そして驚いたことには、今日は付き添いのはずのお京までが、水色地《みずいろじ》に秋草や小花をあしらった晴着を着ているのである。

が、粧《めか》し込んでいるのはお京ばかりではなかった。

八歳の幸助、二歳の太助《たすけ》までが、どこかしら垢抜《あかぬ》けた形《なり》をしているではないか……。

そしてこうめはといえば、これも一張羅《いっちょうら》を纏っているのだが、何しろ、九月《くつき》の身重《みおも》とあり、突き出た腹の上に帯が載っかっているように見え、思わず頰が弛んでしまう。

だが、おりきはおやっと目を瞬《しばた》いた。

おりきの姿を見て慌てて前垂《まえだ》れを外《はず》したおまきだけが、どう見ても常着《つねぎ》のようなのである。

おりきはおまきを嫁《とつ》がせるに当たり、晴れの日に恥ずかしい想いをさせないようにと、縮緬《ちりめん》の袷《あわせ》を持たせていた。

何ゆえ、和助の袴着に常着を……。

ちらと、おりきの胸に危惧《きぐ》の念が過ぎったが、そこに奥から亀蔵が出て来て、おりきは慌てて想いを振り払った。

「おりきさん、忙しいのに済まなかったな。さっ、これで全員揃《そろ》ったわけだ。じゃ、始めようか！」

亀蔵が音頭《おんど》を取り、全員が樽椅子に腰をかける。

真ん中に今日の主賓《しゅひん》みずきと和助が向かい合わせに、そして二人を挟《はさ》んだ恰好《かっこう》で亀蔵一家と春次一家がそれぞれに坐り、両脇がおりきとお京という席順である。

考えてみれば、亀蔵一家で血が繋《つな》がっているのは、こうめとみずきだけ……。

そして、春次一家は完全に繋がっているのは春次とお京、幸助の三人だけで、和助も太助もお京たちとは母親が違い、そこに、まったく血の繋がらないおまきが加わったのであるから、ある意味、この二組の家族は寄せ集め家族といってもよいだろう。

が、血の繋がりが何ほどのものであろうか……。

血は繋がらずとも、どちらの家族も和気藹々《わきあいあい》として、帯解と袴着の祝いが迎えられたのである。

「まずは目出度《めでて》ェな！」

亀蔵が盃《さかずき》を掲《かか》げる。

大人たちがそれに倣《なら》い、子供たちも湯呑を高々と掲げた。

「さあさ、皆、うんと食べてよ。おばちゃん、朝から張り切って作ったんだからさ！」

おさわが寿司桶のちらし寿司を小皿に取り分け、子供たちの前に配っていく。

おまきもいそいそと小鯛や筑前煮といったお菜を皿に取り分けていった。

おりきが手伝おうとして立ち上がる。

「いいえ、女将さんは今日はお客さまですもの、坐っていて下さいな」

おさわが慌てて制す。

「おっ、おりきさんよ、おさわやおまきに委せておけばいいんだよ。こうめが動けばいいんだろうが、あの腹じゃ、粗相《そそう》があっても困るからよ。まっ、大目にみてやってくんな」

亀蔵が気を兼ねたように言うと、鉄平が、こうめの代わりにあっしが動きやすんで……、と立ち上がる。

「済んません。あっしは慣《な》れてねえもんで……」

春次が恐縮《きようしゆく》したように肩を丸めた。

「いいってことよ！　鉄平はこれが商売《しようべえ》だ。餅《もち》は餅屋ってことで委せておけばいいんだよ。おっ、春次、飲もうぜ！」

亀蔵が春次の盃に酒を注いでやる。

「それにしても、おさわさんが一人でこれをお作りになったのでは大変だったでしょうに……」

おりきが言うと、おさわは慌てて手を振った。

「いいえ、鉄平さんも手伝ってくれましたのよ。あたしは一人で大丈夫なんで、宮詣りについて行くようにと勧めたんですけどね。親分が代わりに行って下さるんで大丈夫だと言って……」

どうやら、鉄平は亀蔵のために、ついて行くのを遠慮したようである。

親莫迦ちゃんりん、蕎麦屋の風鈴ってなもんでよ。親分の爺莫迦もここまで来れば、開いた口が塞がらねえや！

達吉の言葉を思い出し、おりきは苦笑した。

それにしても、この祝膳はどうだろう。

見るからに具沢山《ぐだくさん》のちらし寿司の上には、錦糸玉子《きんしたまご》、海老粉《えびこ》、絹莢《きぬさや》が……。

しかも、そのところどころに筋子《すじこ》の粒が散らしてあるのである。

そして、小ぶりだが、一人に一尾ずつ尾頭《おかしら》つきの鯛がつき、鶏肉《とりにく》の入った筑前煮、他の鉢には飛竜頭《ひりようず》、牛蒡、椎茸《しいたけ》の含め煮や分葱《わけぎ》と蛸《たこ》の饅《ぬた》……。

「あとで、蛤《はまぐり》の吸物《すいもの》を出しますからね」

おさわがお菜を皿に取り分けながら言う。

「さあ、女将さん、お上がって下さいな。偉そうに腕に縒りをかけたといったところで、あたしには板頭のような料理は作れません。こんなありふれた料理を口の肥えた女将さんにお出しするのは気が退けるんですが、味だけはそこそこと思いますんで、どうぞ……」

おさわに勧められ、おりきがちらし寿司に箸《はし》をつける。

それは掛け値なしに美味かった。

具沢山だとは思ったが、人参《にんじん》、椎茸、蓮根《れんこん》、干瓢《かんぴょう》、穴子《あなご》、絹莢、白胡麻《しろごま》、刻《きざ》み大葉《おおば》が入っていて、その上に錦糸玉子と海老粉、筋子の粒が散らしてあるのだから、なんと十一品……。

酢飯《すめし》の味もほどほどで、少し濃いめに味つけした具とよく合っていた。

そして、筑前煮の実に味の深いこと！

鶏肉からよい出汁《だし》が出て、里芋《さといも》、人参、蓮根、椎茸、牛蒡、油揚、蒟蒻をまったりとした味に仕上げている。

「おさわさん、これは絶品ですことよ！」

「えっ、そうですか？　女将さんに褒めていただけると、今後の励みになります。けど、板頭の料理に比べると、少し味が濃くありませんか？　八文屋の客は皆さん濃い味を好まれるもんだから、どうしても見た目が悪くなって……」

「そうですね。旅籠に比べれば少し濃いかもしれませんが、うちも茶屋ではこんなものですよ。ねっ、おまき、そうですよね？」

おりきがおまきに問いかけると、太助にちらし寿司を食べさせていたおまきが、ええ、と頷く。

甲斐甲斐《かいがい》しく太助の世話をするおまきは、もうすっかり母の面差しをしていた。

が、どこかしら窶《やつ》れたようにみえるのは、気のせいだろうか……。

「ほれ、亭主の春次が前妻のお廉に手切金として二十両渡したばかりだろ？　その大部分をおりきさんがおまきに持たせた持参金で賄ったといっても、春次も取引先から七両ほど前借りしていたもんだから、その後の遣り繰りが大変《てえへん》らしくてよ。おまきの話じゃ、四人の子にひもじい想いをさせねえように食わせていくだけで筒一杯で、古手屋の吊しで間に合わせようにも、それすら現在《いま》のあいつらには叶わねえのだと、おまきが涙を浮かべて言うじゃねえか……。それで、上の幸助やお京のときにはどうしたのかと訊くと、これまで男所帯だったものだから、春次は餓鬼の祝いなどに気が廻らなかったというのよ。けど、そりゃ、おまきが後添いに入る前《めえ》のことだろ？　おまきの奴、自分がこの子らの母親となったからには、せめて人並なことをしてやりてェと……。それで、てめえの着物を売り、和助の羽織袴を古手屋で求めようかと思っていたところだ、とそう言うのよ……」

亀蔵の言葉がゆるりと脳裡《のうり》を過ぎった。

まさか、それで、おまきは窶れてしまったのであろうか……。

おりきは春次へと目をやった。

春次は美味そうに筑前煮をぱくついていたが、どう見ても、窶れたようには思えない。

それどころか、おまきと祝言を挙《あ》げる前より、幾分ふくよかになったように見えるではないか……。

では、お京との間が相変わらず甘《うま》くいっていないのであろうか。

そう思い、改めてお京を見ると、その面差しに以前のような権高《けんだか》さは微塵《みじん》もない。

隣に坐った幸助に小鯛の骨を取ってやる様子を見ても、別におまきとぎくしゃくしているようには思えなかった。

が、その刹那《せつな》、おりきの胸がきやりと揺れた。

お京が身に着《つ》けている晴着や、幸助と太助のこざっぱりとした身形《みなり》……。

それに引き替え、おまきが木綿《もめん》の常着とは……。

「それで、てめえの着物を売り、和助の羽織袴を古手屋で求めようかと思っていたところだ、とそう言うのよ……」

再び、亀蔵の言葉が甦《よみがえ》った。

ああ……、おまきはおりきが持たせた縮緬の袷を売り、お京や幸助たちの着物を求めたのだ……。

おりきはと胸を突かれ、おまきに目をやった。

おまきが太助に、美味しい？　と問いかけている。

おまき、おまえはそうまでして、お京たちのよいおっかさんになろうとしているのだね……。

おりきの胸を熱いものが包み込んでくる。

恐らく、和助の袴着の晴着をあすなろ園から借りることになり、おまきは帯解や袴着の祝いをしなかったというお京や幸助が不憫《ふびん》になったのに違いない。

それで、裁《た》ち下ろしとまではいかないまでも、せめて古手屋で三人の子の晴着をと思ったのではなかろうか……。

おりきはそんなおまきの心が嬉しくもあり、寂しくもあった。

おまき、何故、わたくしに相談してくれなかったのですか？

現在《いま》のおまえは春次さんの女房といっても、立場茶屋おりきは実家《さと》ではないですか。

そして、わたくしはおまえのおっかさん……。

ならば、思い倦《あぐ》ねたときくらい、実家《さと》のおっかさんに泣きついてもよいのですよ。

だが、おりきには、そこまで甘えてはならないと思うおまきの気持も解っていた。

おりきは立場茶屋おりきの女衆《おなごし》を嫁に出す際、五両ほどの金を持参金として持たせてきたが、おまきの場合はお廉のことがあるため、十三両持たせたことになる。

春次はお廉のことはおまきに内緒にしておくと言っていたが、晴れて夫婦《めおと》となった後、恐らく春次はおまきに本当のことを打ち明けたに違いない。

それで、おまきはおりきに過分《かぶん》なことをしてもらったと気を兼ね、もうこれ以上は甘えてはならないと思ったのではなかろうか……。

おまき、そこまで気を張ることはないのですよ。

古手屋で子供の晴着を誂えるのに、何ほどの金がかかりましょうぞ……。

無心《むしん》するのが気を兼ねるというのであれば、せめて貸してくれと言ったってよいではないですか。

春次さんほどの位牌師《いはいし》ならば、取引先から前払いしてもらった金の精算がつけば、すぐに以前のような生活《たつき》が送れるようになるのですもの……。

そう思うと、切なくて堪らなかった。

おりきはすぐにでもおまきの傍に駆《か》け寄り、抱き締めてやりたい衝動に駆られたが、ぐっとその想いを圧《お》し殺した。

「さあさ、蛤の吸物ですよ。皆、熱いから火傷しないように気をつけるんだよ。おまきさん、悪いけど残りのお椀を運んでくれないかえ？」

板場からお盆を手に出て来たおさわが、おまきに声をかける。

「はい」

おまきが板場へと入って行く。

一人取り残された太助が、心細そうにきょろきょろと辺りを見廻す。

おりきは太助に、大丈夫、待っていましょうね、と微笑みかけた。


結句、おりきはおまきと腹を割って話すことが出来ないまま、別れ際、おまきの肩にそっと手を置き、大丈夫ですか？　困ったことがあれば、すぐにわたくしのところに相談に来るのですよ、と耳許《みみもと》に囁《ささや》き、後ろ髪を引かれるような想いで八文屋を後にした。

おまきは爽《さわ》やかな笑顔を返した。

それで、おりきは少しだけ安堵の息を吐き、包んできた祝儀袋《しゅうぎぶくろ》を渡すと、帰路《きろ》の途《と》についたのである。

旅籠に戻ると、帳場で巳之吉、市造、連次、達吉の四人が額を合わせ、何やら打ち合わせをしていた。

「あっ、よいところに帰《けえ》って来て下さった！　現在《いま》、板場衆《いたばし》から提案なるものを聞いていたところでやしてね」

おりきの姿を見て、達吉が眉を開く。

「どうしました？　皆さん、お揃いで……」

おりきが長火鉢の傍に坐ると、巳之吉がひと膝前に詰め寄る。

「実は、先だっての朝粥膳のことなんでやすが、市造や連次があれなら自分たちにも作れるので、是非やらせてくれねえかと言い出しやしてね」

ああ……、とおりきも頷く。

正な話、おりきも朝粥膳が立場茶屋おりきの売り物にならないものかと考えていたのである。

「この前《めえ》は板頭が作ったので、竹の平籠に羊歯の葉を敷き詰め、その上に小鉢や小皿料理を幾つも載せやしたが、毎朝となると、板頭の手を煩《わずら》わせるわけにはいきやせん。それで、これからはいつものように俺たちが朝餉膳を作ることになるんでやすが、哀しいかな、俺たちには板頭のような粋《いき》な趣向は出来ねえ……。それで、いつものように膳は蝶脚膳《ちょうあしぜん》にして、その上に小鉢や小皿を並べてはどうかと思いやしてね。試《ため》しに蝶脚膳の上に小鉢を載せてみやしたが、十品は載りそうで……。いや、飯椀や汁椀、香の物といったものは別の平膳でお出しするんでやすが、これなら、あっしらにも出来るのじゃねえかと思いやしてね」

市造が真剣な眼差《まなざ》しでおりきを見る。

「板頭もそれに異存はないのですね」

「へい。小鉢の中身については、朝から手の込んだものはどうかと思いやすんで、市造たちで作れるという自信があるのなら、あっしに異存はありやせん。ただ、粥より飯のほうがよいという客もいやすんで、その場合は、通常通り白飯をお出しすればよいかと……。惣菜もその時々で目先の違ったものを作れば、朝粥膳を愉しみにしてきて下さる客が増えるのではねえかと思いやす」

「そうですか……。それを聞いて、わたくしも安堵しました。実は、先日の朝粥膳を吉野屋さまが大層褒めて下さいましてね。京では朝粥を出す見世があるそうです。けれども、何も京の真似《まね》をすることはないのですよ。うちは立場茶屋おりきの朝粥膳を作ればよいのですものね。それで、それはいつから始めるつもりですか？」

おりきがそう言うと、市造が懐《ふところ》の中からお品書を取り出す。

巳之吉の絵入りお品書には程遠《ほどとお》いが、市造が知恵を振り絞《しぼ》ったお品書である。

「手前の小鉢が炊き合わせ……。高野豆腐《こうやどうふ》と椎茸の含め煮、梅花人参《ばいかにんじん》をと考えてやす。その隣が焼鮭、更《さら》にその隣が小松菜《こまつな》と油揚の煮浸《にびた》しで、真ん中の列の左が磯菜卵《いそなたまご》、その隣が鹿尾菜《ひじき》の五目煮《ごもくに》、そして大根膾《だいこんなます》、烏賊納豆《いかなっとう》と続き、後ろの列が生湯葉《なまゆば》、子持昆布《こもちこんぶ》、酢蓮根《すれんこん》と、これで十品でやす。そして、平膳に浅蜊《あさり》の味噌汁、香の物、飯椀……。明日はこれでいこうと思いやすが、献立《こんだて》は毎日替えるつもりでやす。これじゃ量が少ねえってことはありやせんよね？」

市造が不安そうな目をして、おりきの顔を覗き込む。

「ええ、充分だと思います。これは市造が考えたのですか？」

「へい。取り敢《あ》えず、明朝は現在《いま》板場にある食材で作ろうと思っていやす。明後日《あさって》からは前の晩にお品書を考えて、翌朝の仕入れに間に合うように板頭に渡しやす」

「市造の奴、これまでの朝餉膳が一汁三菜《いちじゅうさんさい》だったもんだから、さして考えることもなかったのだろうが、此度《こたび》は十品お菜を考えなければばってんで目の色を変えちまってよ！」

巳之吉がひょっくら返す。

「だってよ、まだ完全には味覚が戻らねえ俺は、連次に負《お》んぶに抱っこだ……。せめて、お品書を考えることでもしねえと、皆に申し訳が立たねえからよ」

市造が照れたように言う。

おりきは目許を弛めた。

良かった……。

連次に煮方長《にかたちょう》の座を奪われ、すっかり意気銷沈していた市造だが、こうして前向きな姿勢を取り戻してくれたとは……。

巳之吉たちが板場に戻って行くと、達吉が待ちきれないとばかりに問いかけてくる。

「それで、いかがでやした？　おまきの奴、元気そうでやしたか？」

おりきはふうと肩息《かたいき》を吐いた。

「どうしやした？」

達吉が訝《いぶか》しそうな顔をする。

「元気は元気なのですがね。気のせいか、おまきが少し窶れたように見えたのが気になりましてね」

「窶れた……。なに、所帯を持ったばかりの頃はよくあることでやすよ。春次の奴、久方ぶりに嬶《かかあ》を持てたと思い、きっと、毎晩おまきを寝かせてねえんだろうて……。亭主に可愛《かわい》がられるのは悪いことじゃねえんだが、女房にしてみれば堪ったもんじゃねえからよ。それに、おまきの場合は四人も餓鬼がいるんだ。末の子なんて二歳とあっては目が離せねえだろうしよ」

よくもまあ、達吉はそんな極楽《ごくらく》とんぼなことを……。

おりきはつと眉根を寄せると、達吉に目を据えた。

「そうではないと思いますよ。実はね……」

おりきがおまきが晴れの日に常着だったことを話して聞かせる。

達吉は怪訝《けげん》そうに首を傾げた。

「一体《いってえ》なんで……。おまきは女将さんから一張羅を作ってもらったんじゃ……。あれはこんなときに着ろってことだと思うが、まさか勿体《もってえ》ねえと思い、使い惜《お》しみしてるんじゃ……。いや、おまきはそんな道理の解らねえ女ごじゃねえ！　だって、今日の祝膳には女将さんも参列することを知ってたんだからよ。誰が考えても、晴着を着た姿を女将さんに見せるのが筋ってもんだ！」

達吉は肝《きも》が煎《い》れたように言った。

「わたくしが妙に思ったのは、和助ちゃんばかりか、お京ちゃんや他の男の子たちも晴着を着ていたことなのです。それに引き替え、おまきだけが木綿の常着なのですからね。それで、亀蔵親分がおっしゃっていたことを思い出しましてね」

あっと、達吉の顔から色が失せた。

「親分はおまきが自分の着物を売って、和助の羽織袴を古手屋で求めようかと言っていたと……。あっ、そういうことだったのか！　だが、なんでまた、おまきはお京たちの着物を……。今日の主役は和助だぜ？　和助の衣装はあすなろ園で借りたのだから、それでいいだろうに……」

「そこがおまきの気扱のあるところで、優しいところなのですよ。親分はお京ちゃんや幸助ちゃんが七五三の祝いをしていないと言っていましたからね。それなのに、和助ちゃんだけが袴着の祝いをするのでは分け隔《へだ》てをすることになると思ったのでしょう。ことに女ごの子にとって帯解の祝いは一世《いっせ》一代《いちだい》の晴れ舞台といってもよいのですもの、お京ちゃんを不憫に思っても不思議はありません。しかも、今日は振袖を着たみずきちゃんを目《ま》の当たりにするわけですからね。せめて、お京ちゃんにも晴着を着せたいと思うおまきの気持が手に取るように解ります。この気持は男の人には解らないでしょうが、おまきは自分が女ごだからこそ、お京ちゃんの気持が解るのでしょうよ」

「それで、自分の着物を売って、お京たちの晴着を……。けど、それならお京だけでいいものを、何ゆえ男の子たちにも……」

「一人が晴着を着れば、他の子だって着たいと思うでしょう？　どの子も平等にと思うのが親の気持ですもの……。ですから、わたくしはおまきの気持を尊重し、褒めてやりたいと思います。ただ、わたくしが残念なのは、それならそれで、何故、ひと言わたくしに相談してくれなかったかということ……。それを思うと哀しくて堪らないのです」

おりきが辛そうに溜息《ためいき》を吐く。

「おまきの奴、きっと、女将さんが持参金と称してお廉の手切金を肩代わりなさったことを知ったんでやすぜ。それで、これ以上迷惑をかけられねえと……」

「それが水臭いというのです。わたくしは立場茶屋おりきの店衆は皆我が子と思っています。我が子が苦しむ姿を黙って見ていられると思いますか？　子を持てば七十五度泣くという言葉がありますが、わたくしはそのくらいの覚悟の下《もと》に、あの子たちと接しているのですよ。何故、そのことをおまきが解ってくれなかったのかと思うと、残念で堪りません」

おりきの声が涙声になる。

「それで、おまきとは話をなさったのでやすか？」

達吉がおりきの胸中《きょうちゅう》を察し、気遣《きづか》わしそうに訊ねる。

おりきは首を振った。

「出来ませんでした。祝いの席ですからね」

「じゃ、おまきはあんまし幸せじゃねえってことか……」

達吉がぽつりと呟き、おりきが慌てる。

「いえ、そうではないのですよ。太助ちゃんを見る目は愛しくて堪らないといった目でしたし、お京ちゃんとも睦《むつ》まじくしているように見えました。それに何より、春次さんのおまきを見る目……。信頼しきったという眼差しでしたからね。帰り際、ひと言だけおまきに困ったことがあれば、すぐにわたくしのところに相談に来るのですよと囁いたのですよ。おまきね、それは爽やかな笑顔を返してくれましてね。それだけが、唯一《ゆいいつ》の救いとなりました」

「きっと、おまきにも女将さんの気持が通じてやすよ。大丈夫《でえじょうぶ》でやす。これまでさんざっぱら辛酸《しんさん》を嘗《な》めてきたおまきだ。少々のことでへこたれるようなこたァありやせん」

達吉がおりきを励ますかのように、にっと笑ってみせる。

そうだった……。

こんなことで、くしくしなんてしていられないのだ。

おりきは憂《うれ》いを払うかのように、達吉に笑みを返した。

「忙しいのに昨日は済まなかったな」

亀蔵が改まったように頭を下げる。

「わたくしのほうこそ礼を言わせてもらいます。みずきちゃんや和助ちゃんの祝いの席に身内でもないわたくしを呼んでいただき、お陰さまで愉しいひとときを過ごさせてもらいました。有難うございます」

おりきも深々と辞儀をする。

「おめえは俺たちの身内同然じゃねえか！　おめえ、みずきの名付け親じゃねえのかよ。それによ、おめえはおまきのことを娘と思ってるんだろ？　だったら、和助は血が繋がらずとも孫……。ほれみな！　おめえが祝いの席に参列するのは当然なんだ。そりゃそうと、おめえが帰《けえ》った後、こうめやおまきから聞いたんだが、祝儀袋の中に二分《にぶ》も入《へえ》っていたと二人が慌ててよ……。いいのかえ？　高々《たかだか》餓鬼の祝いだというのに二分も……」

「帯解も袴着も生涯に一度のことですもの、多すぎるということはありませんわ」

「生涯《しょうげえ》に一度といってても、みずきの場合はこれで二度目だ。去年、びらびら簪をもらっているからよ」

亀蔵が気を兼ね、それこそ亀のように首を竦めて上目《うわめ》に窺う。

「あら、去年は前祝いで、本番は今年と言ったのは親分ではありませんか。いいのですよ。気になさらないで下さいませ。さっ、お茶をどうぞ……」

「じゃ、遠慮なく貰っとくぜ。おっ、そうそう、おまきから伝言を頼まれてたんだ……。おまきがよ、おめえが二分も祝いをくれたと知り、帰り際《けえ》、俺の傍まで寄って来てよ。女将さんに伝えてくれ、縮緬の袷は売ったのではなく質入《しちい》れしただけなので、頂いたこの金を持って早速請《う》け出してきますと、そう言うのよ……。それで俺もピンときたんだが、おまきの奴、てめえの着物を質に入れて、お京や男の子たちの晴着を古手屋で求めたんだなと……。なっ、そうだろう?」

亀蔵がおりきに目を据える。

「そうですか……。おまきがそう言っていましたか。やはり、おまきはわたくしに気を遣ってくれてたのですね。売ってしまえば二度と手許《てもと》に戻ってくることはないけれども、質に入れたのであれば、利息さえ払っていれば、いずれお金が出来たときに戻ってきますものね。今だからお話ししますが、実は、昨日おまきだけが常着だったのを見て、心を痛めていたのです。おまきを嫁がせるに当たり、いざというときのために縮緬の袷を誂えてやっていたのに、何ゆえ常着を……。そう思ったのですが、わたくしもお京ちゃんたちの晴着を見て、すぐにピンときました。同時に、哀しさと虚《むな》しさが衝《つ》き上げてきて……。おまきがそこまで立行《たちいき》に窮していたのかと思うと、胸が引き裂《さ》かれそうになるほど切なくて、だったら何故ひと言わたくしに相談してくれなかったのかと……。いえ、解っているのですよ。おまきはもうこれ以上わたくしに迷惑をかけられないと思ったのでしょう。けれども、迷惑だなんて……」

「おまきはそういう女ごなのよ。けど、考えてもみな？　おまきはおめえから貰った祝い金で着物を請け出したんだ。結句、おめえが助《す》けたってことになるんだからよ」

「ええ、わたくしもおまきが着物を売ったのではないと知り安堵いたしました。おまきはおまきなりに気を遣ってくれていたのですものね」

「ああ、そういうこった……。それによ、春次までが恐縮してよ。おまきにはお廉に手切金を渡したことを内緒にしておくつもりだったが、夫婦《めおと》の間で秘密を持つのはよいことじゃねえと思い、祝言の後、何もかもを打ち明けちまったもんだから、おまきに気を遣わせることになってしまった、だが、取引先に前払いしてもらった金もそろそろ皆《みな》になりそうなんで、もうこれからはおまきに金のことで心配《しんぺえ》をかけることはねえだろう、くれぐれも女将さんに宜しく伝えてくれ、この恩は生涯《しょうげえ》忘れねえと頭を下げてよ」

おりきの顔がパッと輝いた。

「まっ、それは朗報《ろうほう》ですこと！　ああ、良かった……。春次さんは腕のよい位牌師ですもの、仕事に事欠くことはないでしょうから、これでもう安心ですわね！」

「此の中、お京とも円満にやっているようだしな……。春次が言っていたが、おまきが古手屋からお京や男の子たちの晴着を買って帰ったときのお京の顔を見せたかったと……。お京はまさか自分に晴着を買ってもらえるとは思っていなかったもんだから、驚きのあまり言葉を失ってよ。とほんとしたまま突っ立ってるもんだから、春次がどうしてェ、要《い》らねえのかよと訊ねたら、慌てて首を振り、それからは脱《ぬ》いだり着たりを何度も繰り返《けえ》したというのよ。春次はこうも言ってたぜ。自分は女ご運が悪くて二度も女房に死なれ、三番目のお廉には逃げられたものだから、幼い頃からお京に母親の役目を押しつけてしまった……。そればかりか、帯解はおろか、日頃お京が何を着ているのか関心を払おうとしなかったが、こうしてみると、お京も並の女ごの子だったんだな……、済まねえことをしたという想いで胸が一杯《いっぺえ》だと、そう言うのよ」

「つくづく、おまきはよいことをしてやったと思います」

「ああ、お京もよほど嬉しかったのだろうて……。言葉にこそ出さなかったが、礼を言いたくてうずうずしているのが見て取れたからよ。まっ、これが契機《きっかけ》となり、おまきとの間にまだ少し残っていた溝が完全に埋まればいいんだがよ」

「ええ、わたくしもそう願います」

おりきはそう言うと、ふうと肩息を吐く。

昨日から胸の内で燻《くすぶ》っていたものがすっと消えたように思った。


おりきがその日すべての仕事を終え、帳場で達吉と夜食を摂っていると、下足番の吾平《ごへい》が障子の外から声をかけてきた。

「幾千代姐さんがお見えでやすが……」

おりきはさっと達吉を見た。

今時分、幾千代が訪ねて来るとは、何事かあったのであろうか……。

「どうぞ、お通し下さいな」

幾千代は髷の上から手拭《てぬぐい》を吹き流しに被《かぶ》り、片端《かたはし》を口に銜《くわ》えたまま入って来た。

手拭のうえできらと光ったのは、どうやら粉雪のようである。

「済まないね、こんな夜分に……」

「雪……。雪が舞っているのですか？」

「そうなんだよ。今宵は近江屋《おうみや》の宴席《えんせき》に呼ばれたもんでね。近くまで来たのにおりきさんの顔を見ないで帰るわけにはいかないと思ってさ。それでここに寄ろうと近江屋を出たら、なんと、雪が舞ってるじゃないか……」

幾千代が頭から手拭を払い、長火鉢の傍に寄って来る。

「道理で冷えると思ったぜ。てこたァ、この冬初めての雪か……」

達吉が伸び上がるようにして、連子《れんじ》窓《まど》の外を窺おうとする。

おりきはくすりと肩を揺らした。

「障子が閉まっているのに、見えるわけがないでしょうに……」

「食事中だったのに、悪かったね。どうぞ続けておくれ」

「幾千代さん、夕餉は？　今までお座敷だったのですもの、お腹がお空《す》きでしょう？」

おりきがお茶を淹れながら訊ねる。

「近江屋に上がる前に稲荷寿司《いなりずし》を摘《つま》んだだけだが、うちに帰ればおたけが仕度してくれてるんでね」

「あら、それじゃ、丁度空腹《からはら》になったところでしょうに……。まだ板場衆が残っていますので何か軽いものでも作らせましょう」

「だったら、あちしは酒がいいな。ねっ、おりきさんも付き合っておくれよ！　たまには女ご同士で酒を酌《く》み交わすのもいいじゃないか。ねっ、そうしようよ」

「おっ、そいつァいいや！　女ごの中に鬱陶《うっとう》しい男が一人混じって申し訳ねえが、あっしも仲間に加えてもらうわけにはいかねえかな？」

達吉が茶目っ気たっぷりに片目を瞑《つぶ》ってみせる。

「ああ、いいともさ！　大番頭さん、障子を開けておくれよ。どうせなら、雪を愛《め》でながら雪見酒《ゆきみざけ》といこうじゃないか！」

達吉が連子窓を開けに立つ。

おりきは板場に立つと市造に酒と肴《さかな》を適当に見繕《みつくろ》ってくれと頼み、再び、帳場に戻った。

幾千代と達吉が肩を並べて、中庭を眺めていた。

おりきも傍に寄って行く。

「まっ、月が出ているのですね」

月明かりの中、ちらちらと粉雪が舞っている。

霜月《しもつき》（十一月）のことを雪待月《ゆきまちづき》とも雪見月《ゆきみづき》ともいうが、これはまさに雪見月ではないか……。

「綺麗《きれい》だこと……」

おりきが呟くと、幾千代がおりきの手をぎゅっと握った。

「亀蔵親分から聞いたけど、おまえ、おまきのことでまた胸を痛めたんだってね？」

幾千代は窓の外に目を向けたまま呟いた。

ああ、それで……。

おりきの胸が熱くなる。

幾千代はおりきを励まそうと思い、この雪の中、わざわざ立場茶屋おりきまで脚を延《の》ばしてくれたのだろう。

「ええ、でも、もう解決しましたのよ」

おりきがそう言うと、幾千代は握った手にぐっと力を込めた。

大丈夫、あたしがついているからね……。

幾千代はそう言いたかったのに違いない。

霜の声

下足番見習《げそくばんみならい》の末吉《すえきち》は背中に痛いほどの視線を感じ、落葉を掃《は》く手を止め、ぎくりと振り返った。

なんと、刺子半纏《さしこばんてん》を纏《まと》った四十路半《よそじなか》ばの男が、球状の竹籠《たけかご》を手に、怯臆《きょうおく》したように通路の中を窺《うかが》っているではないか……。

男は目が合うと、亀のように首を竦《すく》め、上目《うわめ》に末吉を窺った。

どう見ても、旅籠《はたご》の客ではなさそうである。

すると、物売り……。

末吉は胡散臭《うさんくさ》そうに男を睨《ね》めつけた。

「なんか用か？」

「いや……。あっしはただ……」

「ただ、なんだってェのよ！　物売りだったら、うちはお断りだぜ。素性《すじょう》の知れねえ奴からは何ひとつ買わねえからよ」

末吉が高飛車《たかびしゃ》に鳴り立てると、男は挙措《きょそ》を失った。

「いや、違うんで……。ここにおみのという女中がいると思うんだが……」

男が鼠鳴《ねずみな》きするような声を出す。

「おみの？　ああ、いるけどよ……。それがどうかしたのかえ」

「済まねえが、ちょいとここに呼んでもらうわけにはいかねえだろうか……」

「ここに？　おめえさん、一体《いってえ》誰でェ……」

「あっしはおみのの兄貴で、才造《さいぞう》といいやすが……」

末吉があんぐりと口を開ける。

すると、この男が島帰《げえ》りの兄貴……。

確か、亀蔵《かめぞう》親分が洲崎《すさき》の津元《つもと》（網元）に世話をし、現在《いま》は海とんぼ（漁師）をしているとか……。

末吉は改まったように、頭の先から爪先《つまさき》まで、舐《な》めるように才造を見下ろした。

日焼けした肌に刺子半纏を纏い、膝《ひざ》までの股引《ももひき》、捻《ねじ》り鉢巻《はちまき》と、確かに海とんぼの形《なり》……。

「おめえさんがおみのさんの兄さん……。へい、解《わか》りやした。今呼んで来やすんで、お待ちを……」

末吉の口調が途端《とたん》に慇懃《いんぎん》になった。

兇状《きょうじょう》もち（前科者）に下手《へた》な口を利《き》いて、居直られても困ると思ったのであろうか……。

末吉は庭箒《にわぼうき》を放り出すと、慌てふためいたように旅籠の入口へと駆《か》けて行った。

「て、大変《てえへん》だァ……」

末吉が草履《ぞうり》を脱《ぬ》ぐのももどかしげに上がり框《かまち》に上がろうとすると、帳場から出て来た大番頭の達吉《たつきち》がぐいとその腕を摑《つか》んだ。

「なんだえ、騒々《そうぞう》しい！」

「あっ、大番頭さん……。大変《てえへん》ですぜ。今、おみのさんの兄さんがそこに……」

末吉が怯《おび》えたように、通路を指差す。

「なに、才造が？　才造が来ているというのか……」

「おみのを呼んで来いって……」

達吉は訝《いぶか》しそうに首を傾《かし》げた。

「おみのを呼べって？　はて、用があるんなら、てめえのほうが来ればよいものを……。が、まあいいだろう。末吉、おみのを呼んで来なさい」

すると、達吉と末吉の声が帳場の中まで聞こえたのか、おりきが玄関口に顔を出した。

「どうかしましたか？」

「それが、おみのの兄貴が訪ねて来ているようでしてね」

「才造さんが？　では、早くお通しして下さい」

「いえ、それがおみのを呼び出してくれと言い、通路で待っているらしくて……」

「通路で？」

おりきも首を傾げる。

と、そこに、おみのが現れた。

「おみの、才造さんが見えているようですが、通路で立ち話ともいかないでしょうから、帳場にお通しして下さい」

おみのは気を兼ねたように、はい、と小声で答え、表へと出て行った。

「おみのが兄貴に逢《あ》うのは四月《よつき》ぶりか……。周囲《まわり》の者と打ち解《と》けるまで暫《しばら》くそっとしておくようにと亀蔵親分が言っていたが、こうして才造がおみのを訪ねて来る気になったということは、海とんぼの暮らしにも慣《な》れたってことでしょうかね」

達吉がおりきの顔を見て、安堵《あんど》したように頷《うなず》いてみせる。

「親分の話では、才造さんは海とんぼとしてなかなか筋がよいとのことでしたからね。常なら上手《うま》く投網《とあみ》を投げるには熟練《じゅくれん》を要《よう》すそうですが、才造さんは竜龍《たつりゅう》にいる他の網《あん》子《ご》に引けを取らないとか……」

「そればかりじゃありやせんぜ。あいつ、三宅島《みやけじま》にいた頃は一本釣りで鰹《かつお》や鯖《さば》を釣っていたといいやすし、銛《もり》の使い方も巧《うめ》ェそうで……。あいつは根っからの海とんぼなんだろうな。してみると、水呑百姓《みずのみびゃくしょう》の倅《せがれ》なんかに生まれなきゃ、才造は道を踏み外《はず》すこたァなかったってこと……」

達吉がしみじみとした口調《くちょう》で言う。

するとそこに、おみのが竹籠を抱えて戻って来た。

が、才造の姿は見当たらない。

「才造さんは？」

おりきが訊《たず》ねると、おみのは困《こう》じ果てたような顔《こう》をして、首を振った。

「帳場に来るようにと勧《すす》めたんだけど、とても皆さんの前に出られる恰好《かっこう》じゃないからと言って……。それで、これを賄《まかな》いにでも使ってくれないかと……」

おみのが竹籠を達吉に手渡す。

「これは？」

「今朝、あんちゃんが捕《と》った魚ですって……」

「なんと、鰯《いわし》に平目《ひらめ》、鯒《こち》、鯔《ぼら》、おっ、蟹《かに》もいるじゃねえか！　おいおい、こんなに沢《たく》山《さん》……。いいのかよ？」

達吉が目をまじくじさせる。

「竜龍の旦那が妹に持ってってやれと言ってくれたんですって……」

「そいつァ、有難《ありがて》ェ！　早速《さつそく》、榛名《はるな》に渡して、今宵《こよい》の夜食は美味《うめ》ェもんを作ってもらわなくっちゃな！　それで、才造は？　もう帰《けえ》ったのか……」

「いいえ、まだ……。それで、女将《おかみ》さんにお願いなんですが、半刻《はんとき》（一時間）ばかし暇《ひま》を貰《もら》えないでしょうか？　あんちゃん、旅籠に入るのはどうしても気が退《ひ》けるっていうんで、蕎麦《そば》でも啜《すす》りながら話をしたいと思って……」

おみのがおりきの顔を上目に窺う。

「そうですか……。才造さんに逢うのは久し振りですもの、兄妹《きようだい》二人きりのほうがよいかもしれませんね。解りました。彦蕎麦《ひこそば》に行ってらっしゃい！　では、これで鳥目《ちようもく》（代金）を払うとよいでしょう」

おりきが帯に挟《はさ》んだ早道《はやみち》（小銭入れ）を取り出し、おみのに小白《こじろ》（一朱銀）を一枚手渡す。

「あっ、それは駄目です。蕎麦代《そばだい》くらいあんちゃんが持ってると思うんで……」

おみのが慌てて小白を返そうとする。

「何を言ってるのですか。才造さんはわざわざ訪ねて来て下さったのですよ。それに、これは魚のお礼です。才造さんが食べたいと思うものをなんでも注文してあげて下さいね」

おみのは恐縮《きょうしゅく》したように頭を下げた。

「有難《ありがと》うございます。では遠慮《えんりょ》なく使わせていただきます」

おみのがいそいそと通路に引き返して行く。

「あの嬉《うれ》しそうな後ろ姿を見て下せえよ！　やっぱ、兄姉なんでやすね」

達吉が目許《めもと》を弛《ゆる》める。

「十七年もの永《なが》い歳月《さいげつ》、おみのはひたすら才造さんがご赦免《しゃめん》になって戻って来る日を待っていたのですものね。嬉しくて当然ですわ」

「ああ、それに娑婆《しゃば》に戻ったのはいいが、今後どうやって才造を立行《たちいき》していかせようかとおみのも頭を悩ませてたが、才造に思いもかけねえ海とんぼの才があったんだもんな。天道人《てんどう》を殺さずとは、このこと……。やっと、おみのもてめえの幸せを考えることが出来るんだからよ」

「そう言えば、そろそろ、おみのにもよいお相手を見つけてやらなければなりませんわね」

「おみのも三十路《みそじ》を過ぎやしたからね。考えてみれば、人の運命なんてどこでどう変わるか判《わか》らないもんでやすね。この春、仲人嬶《なこうどかか》のおつやが縁談を持って来たのは、おみのにってことだったんだからよ……。それをおみのが兄貴がご赦免になるまでは嫁に行けねえと断り、そのため、おはちが廻《まわ》ってきたおまきが、四人も餓鬼《がき》のいる春次《はるじ》の後添《のちぞ》いとなったんだもんな」

「それが人の縁というもので、おまきは四人の子の母親になる宿命《さだめ》だったのでしょう」

「まあな……。兄貴のことがなかったとしても、おみのには春次の嫁は務《つと》まらねえだろうからよ。そうしてみると、おまきとおみのの身の有りつきは、どっちもどっち……。おまきは生《な》さぬ仲の子を四人も抱えることになったし、これから先も、まだ何があるか判らねえ。一方、おみのは御帳付《ごちょうつ》き（前科者）の兄貴と生涯《しょうげえ》付き合っていかなきゃならねえんだから、綱渡《つなわた》りをするようなもんだ……。願わくば、この先、二人とも煩《わずら》わしいことに巻き込まれることなく、平穏《へいおん》に暮らしてほしいもんだぜ」

達吉が仕こなし顔に言う。

「大番頭さんはまた人の疝気《せんき》を頭痛に病《や》むようなことを……。そうして取り越《こ》し苦労をしても始まりませんよ。さっ、早く魚を榛名さんに届けてきて下さいな」

「おっ、そうだった……」

達吉が肩を竦め、竹籠を手に板場へと廻っていく。

どうやら、今宵の夜食は豪華版《ごうかばん》になりそうである。


彦蕎麦は昼の書き入れ時が終わったばかりで、比較的空《す》いていた。

見世《みせ》には担《にな》い売りらしき男が二人と、板場近くの飯台《はんだい》に妊婦《にんぷ》が一人坐《すわ》っているきりで、女将のおきわがおみのを認めると、驚いたように傍《そば》に寄って来た。

「おみのさんじゃないかえ……。えっ、女将さんがあたしに何か？」

どうやら、おきわはおみのが何か用を言いつかってきたと思ったようである。

「ううん、そうじゃないの。今日は客として来たんですからね」

おみのがそう言うと、おきわは鳩《はと》が豆鉄砲《まめでっぽう》を食ったような顔をした。

と言うのも、立場《たてば》茶屋《ぢゃや》おりきの隣に彦蕎麦を出すまでは、おきわは永いこと旅籠でおみのと同じ釜《かま》の飯を食べてきたのである。

それでおきわには解っているのだが、旅籠の女中が他の見世で食事をするなど、まず以《もっ》て許されることではなかった。

おみのが慌てる。

「あっ、この男《ひと》ね、あたしのあんちゃんなの。あたしを訪ねて来てくれたんだけど、女将さんが久しぶりに逢うのだから、蕎麦でも食べて四方山話《よもやまばなし》でもしていらっしゃいって……」

おきわはそれで納得したとばかりに頷いた。

「それはそれは……。丁度、見世も暇になったところでしてね。どこにでも掛けて下さいな」

おみのは見世の中を改めて見廻し、他の客と離れた入口近くの席に坐った。

小女《こおんな》のおまちが茶を運んで来る。

「ご注文は？」

おみのは才造の顔を窺った。

「あんちゃん、なんでも好きなものを注文してね。女将さんがね、魚のお礼だといって、一朱も持たせて下さったの」

「俺《おり》ャ、中食《ちゅうじき》を済ませたし、大《てえ》して腹が減《へ》ってねえ……。じゃ、盛りを一枚《いちめえ》貰おうか」

「あら、盛り一枚だなんて、そんなの駄目だよ。だったら、お酒は？　銚子《ちょうし》一本くらいなら大丈夫でしょう？　じゃ、銚子一本に天麩羅《てんぷら》の盛り合わせに、板わさ、出汁巻《だしまき》玉子《たまご》、それに盛り一枚とあられ蕎麦をお願いね！」

おみのが壁に貼《は》られたお品書《しながき》を読み上げるようにして言う。

「おい、おめえ、そんなに沢山……」

「大丈夫、食べられるわよ。ここの天麩羅は江戸前《えどまえ》のよいネタを使ってるから最高だって！　それに、蕎麦がまた美味《おい》しいのよ。親分に言わせれば、品川宿《しながわしゅく》一、ううん、江戸一番って話だからさ」

おみのが燥《はしゃ》いだように言うと、おきわが気恥《きは》ずかしそうに肩を竦める。

「親分は身びいきでそう言って下さってるんですよ。けれども、多少大風呂敷《おおぶろしき》を広げているにしても、そう言ってもらえるのは嬉しい限りで……。亡くなった彦次《ひこじ》も草葉《くさば》の陰で悦《よろこ》んでくれていると思います」

「彦次さんが亡くなって、もうすぐ六年が経《た》つんだもんね……。生さぬ仲のおいねちゃんを抱えてこの見世を立ち上げたんだもの、おきわさん、よくやったね。偉いよ」

「偉くなんかあるもんですか！　何もかも、立場茶屋おりきの女将さんがいて下さったから出来たこと……。それに、修《しゅう》さんをはじめとして店衆《たなし》がそれはよく支えてくれてさ。あたしは周囲《まわり》の人に恵まれ、本当に果報者《かほうもの》だと思っていますよ」

そこに、酒とお通し、板わさが運ばれてきた。

「じゃ、もう邪魔《じやま》はしませんので、あとは兄妹二人でごゆっくり……」

おきわが板場のほうに去って行く。

「さっ、あんちゃん！」

おみのが才造に酌《しやく》をする。

「おめえは？」

「ううん、あたしはいいの。旅籠の女中ってね、泊まり客が到着してからが本番といってもいいの。その代わり、食べるほうなら付き合うからさ！」

おみのが板わさを口に運ぶ。

「ああ、美味しい……。こうして客として食べると、また格別だね！」

才造は板わさに舌鼓《したつづみ》を打つおみのに目を細め、これまで心配《しんぺえ》をかけて済まなかったな……、と呟《つぶや》いた。

「何言ってんのさ。兄妹だもの、当然じゃないか！」

「俺が島送りになったばかりにおめえに辛《つれ》ェ想《おも》いをさせたんじゃねえかと思うと、不《ふ》憫《びん》でよ。おめえ、幾《いく》つになった？」

「三十二だよ」

「三十二……。常なら、とっくの昔に嫁に行き、餓鬼の二人や三人はいてもよい歳《とし》だというのに、こんな御帳付きの兄貴を持ったばかりに、女《おな》ごの幸せを摑み損《そこ》なったのかと思うと申し訳なくてよ」

才造が御帳付きという言葉を口にしたとき、おまちが出汁巻玉子を運んで来た。

おみのの胸がきやりと揺《ゆ》れた。

が、おまちは聞こえたのか聞こえなかったのか平然とした顔をして、すぐに天麩羅が揚《あ》がりますんで、と言った。

おみのはおまちが去って行くのを見届け、

「あんちゃん、てんごう言わないでよ。あたし、あんちゃんのために嫁に行かなかったんじゃないんだよ！　あたしは行きたくなかっただけなんだからさ。立場茶屋おりきにいると居心地がよくてね……。嫁に行っても、どんな苦労が待っているか判らないし、身過ぎ世過ぎでしんどい想いをするよりも、気心の知れた立場茶屋おりきの仲間と一緒にいるほうがどれだけ幸せか……。あたし、女将さんのことが大好きなんだ！　だから、これから先も嫁に行く気なんてないの」

と言った。

「けど、おめえ……」

「さっ、出汁巻玉子を食べようよ。ほら、天麩羅もきたからさ！」

おきわとおまちが天麩羅の盛り合わせを運んで来る。

なんと、大皿に盛られた天麩羅の実に圧巻《あっかん》なこと！

恐らく、おきわの配慮で特別に作られたものであろうが、車海老《くるまえび》に穴子《あなご》、鱚《きす》、沙魚《はぜ》、小柱《こばしら》の掻《か》き揚げ、茄子《なす》、蓮根《れんこん》、甘藷芋《かんしょいも》、隠元豆《いんげんまめ》、大葉《おおば》、慈姑《くわい》、薑《はじかみ》が彩《いろど》りよく並べられ、天つゆと天塩《てしお》が添《そ》えられている。

「おきわさん、なんて豪華版なんだえ！」

おみのが興奮したように言うと、

「揚方《あげかた》の与之《よの》さんにおみのさんが兄さんと一緒に来ていると伝えたら、それはなんでも気張《きば》らなきゃって……。どうします？　お銚子をもう一本燗《つ》けましょうか？」

おきわが目まじして見せる。

「どうする？　もう一本貰おうか？　今宵はもう漁に出ることはないんでしょう？」

おみのが才造の顔を覗き込む。

「ああ、夜明け前《めえ》に海に出るが、今宵はもう……」

「漁って……。おみのさんの兄さんは海とんぼなんですか？」

おきわが驚いたように才造を見る。

「ええ。亀蔵親分の世話で、現在《いま》、洲崎の竜龍って津元の下で……」

おみのが才造に代わって答えると、おきわがえっと目を瞠《みは》った。

「竜龍の旦那なら知っていますよ。あたしのおとっつァんも海とんぼだったからさ。ああ、あの竜龍にね……。だったら安心だ。竜龍は津元の中でも一頭地《いっとうち》を抜いてるって評判だし、旦那が大束《おおたば》な男《ひと》でさ。あの旦那についていけば、まず間違いないさ。その点、うちのおとっつァんは拗《す》ね者でさ。他人《ひと》に支配されるのを嫌って一匹狼《いっぴきおおかみ》でいたもんだから、終《つい》しか、あたしたち家族は楽な暮らしが出来なかったんだけどさ……。けど、おとっつァんたら、平気平左衛門《へいきへいざえもん》でさァ……。海が好きで好きで、結句、その海で死んじまったんだから本人にしてみれば本望《ほんもう》なんだろうさ！　あっ、ごめんよ。余計なことを喋《しゃべ》っちまったね」

おきわが申し訳なさそうに首を竦め、板場のほうに去って行く。

才造が訝《いぶか》しそうにおみのを見る。

「海で死んじまったって……」

「ああ……。おきわさんのおとっつァんね、時化《しけ》で難破《なんぱ》した船の乗員を助けようと、たった一人で、嵐の海に舟を漕《こ》ぎ出しちまったの。結句、おきわさんのおとっつァんは帰らぬ人となり、遺体も上がらなかったんだけどさ……」

おみのが肩息《かたいき》を吐《つ》く。

「嵐の海に一人で……。また無茶なことを！」

「かなり一刻者《いっこくもの》だったらしく、おきわさんが子持ちの男鰥《おとこやもめ》に惚《ほ》れて所帯を持ちたいと言い出したときには激怒してさ……。彦次っていう夜鷹蕎麦《よたかそば》の屋台を引いていた男《ひと》なんだけど、胸を病んでさ。そりゃさ、おとっつァんが反対する気持はよく解るよ。けど、祝言《しゅうげん》にも出なかったそうだし、やっと、父娘《おやこ》の関係が修復できかけたと思ったら死んじまってさ……。あれから、おきわさんは生さぬ仲の娘を抱えて、彦次さんの夢だった蕎麦屋を出して今日まで我勢《がせい》してきたんだもんね。あたしにはそんなに強い意思なんてない……。だから、あたしは現在《いま》のままでいいの。さっ、冷《さ》めないうちに天麩羅を食べようよ！」

おみのはそう言うと、率先《そっせん》して車海老の天麩羅に箸《はし》を伸ばした。

「身がぷりっとしていて、それに、なんて甘《あま》いんだろ！　あたし、こんなに上等な天麩羅を食べたのは初めてだよ」

おみのが目を輝かせる。

才造も穴子に箸を伸ばす。

「この穴子のなんと肉厚《にくあつ》なこと！　そっか……、穴子も海老も、鱚、沙魚と、皆、この近場で捕れるんだもんな。品川宿には料理屋、旅籠、一膳飯屋《いちぜんめしや》、蕎麦屋と食い物の見世が掃いて捨てるほどあるってことは、津元のように魚河岸《うおがし》相手の商《あきな》いをしなくても、てめえで得意先を見つければなんとか立行していけるってことか……」

才造は何か考えているようだった。

が、おみのには才造の胸の内など計《はか》りようもない。

二人は車海老の次に穴子、その次は小柱の搔き揚げと、次々に平《たい》らげていった。

「あたしったら、まともに中食を食べたというのに、まだいくらでもお腹《なか》に入るんだもの、驚いちゃう！　きっと、今食べておかないと、こんなに美味しいものは二度と口に入らないかもしれないと思い、つい意地汚くなっちまうんだろうね」

見ると、いつの間にか、担い売りの男たちは帰っていて、現在《いま》はおみの兄妹と妊婦の三人だけである。

妊婦は誰か人でも待っているのか、茶を飲みながらぼんやりと見世の外を眺《なが》めていた。

「そろそろ蕎麦にしましょうか？」

おきわが声をかけてくる。

「ああ、もう腹中満々《ふくちゅうまんまん》……。けど、蕎麦は別腹《べつばら》っていうもんね。はァい、頂《いただ》きまァす！」

おみのはあられ蕎麦がどんなものなのか知らずに名前に惹《ひ》かれて頼んだのだが、運ばれてきたあられ蕎麦を前に、思わず目を瞠った。

と言うのも、掛け蕎麦の上に四角い海苔《のり》を敷《し》き、更《さら》にその上に、生《なま》の小柱が載《の》っかって出て来たのであるから……。

おきわはおみのの反応に、くくっと肩を揺すった。

「その様子では、やはり、あられ蕎麦は初めてのようね。食べる前に、まず小柱を汁《つゆ》に浸《ひた》すんですよ。すぐに、ふっくらと丸みがつくから、そのときが食べ頃……。あまり熱が通り過ぎては味が落ちますからね。半生《はんなま》状態を山葵《わさび》で食べて下さいね」

おきわがおみのに目弾《めはじき》してみせる。

おみのは言われるまま、小柱を汁に浸した。

成程《なるほど》、ひと呼吸置くと、小柱がふっくらと丸みを帯《お》びてきたではないか……。

それを蕎麦と一緒に口へと運ぶ。

潮《しお》の香りがほんのりと漂ってきて、得《え》も言われぬ美味《うま》さだった。

おみのが信じられないといった顔をすると、おきわが満足げに笑ってみせる。

「小柱も海苔も江戸前ですからね。冬の今の時期が旬《しゅん》で、霰《あられ》を想わせる名前がまた粋《いき》でしょう？　これって亀蔵親分の好物のひとつでしてね。最初《はじめ》の頃は、変わり蕎麦なんて邪道《じゃどう》だ、蕎麦食いは盛りを食ってなんぼのもんよ、と天麩羅蕎麦さえ受けつけようとしなかったあの親分が、ひと度《たび》味を占めてしまってからは、度々《たびたび》あられ蕎麦を注文されますからね」

「へえェ、親分が……。けど、なんだか解る気がするな。あんちゃんもひと口食べてごらんよ」

おみのがそう言うと、才造は慌てて手を振った。

「いや、俺ャ、いいよ」

「そう言わずに、味利《あじき》きだと思って、ひと口……」

おみのが有無《うむ》を言わさず、ぐいと才造の前に丼鉢《どんぶりばち》を押しやる。

才造は困じ果てた顔をしながらも、ひと口、あられ蕎麦を口にした。

「ねっ、どう？　美味しいでしょう？」

「ああ、美味《うめ》ェ……」

そうして、二人は蕎麦を平らげた。

が、蕎麦湯《そばゆ》が運ばれてくると、才造が改まったようにおみのに目を据《す》える。

「おみの、おめえ、現在《いま》いくら金を持っている？」

おみのがとほんとする。

烏目のことを言っているのだとすれば、一朱もあれば充分であろう。

「一朱だけど……。大丈夫、これで足《た》りるわよ」

「違うんだ。烏目のことを言ってるわけじゃねえ……。そうではなく、先《せん》に、おめえが俺のために金を貯《た》めたと言ってただろう？　それで、幾らあるのかと思ってよ」

「…………」

一体、才造は何を言おうとしているのであろうか……。

確かに、二年ほど前、権八《ごんぱち》という男に周囲《まわり》の者に兄貴が流人《るにん》と暴露《ばら》してもらいたくなければ口止め料を払えと脅《おど》され、三両払ったことがある。

権八はそれに味を占め、更に三十両吹っかけてきたのだが、おりきや亀蔵の裁量《さいりょう》で権八はお縄になった。

が、おみのはそんなことがあっても諦《あきら》めようとはしなかった。

それからも、才造がご赦免になって戻って来たときのためにと、立場茶屋おりきから貰う給金には一切《いっさい》手をつけず、再び、爪に火を点《とも》すようにして三両貯めたのだった。だが、その金は才造が戻って来たら棟割長屋《むねわりながや》でも借りて、そこで一緒に暮らそうと思った金である。

幸い、亀蔵の世話で才造が海とんぼの道を歩むことになり、おみのも立場茶屋おりきに留《とど》まることが出来たので、現在《いま》も三両は手つかずのまま残っている。

「三両だけど……」

おみのは鼠鳴きするような声で答えた。

「三両か……」

才造は失望の色も露《あら》わに、恨《うら》めしそうにおみのを見た。

「女将さんに頼んで、十両ほど廻してもらえねえだろうか……」

あっと、おみのは息を呑《の》んだ。

「あんちゃん、また妙なことを考えてるんじゃないでしょうね！」

「妙なことって……。俺が手慰《てなぐさ》みでもすると思ってるのか？　てんごうを……。俺がなんのために十七年も島の暮らしをしてきたと思うんでェ！　真っ当に生きていけるように更生《こうせい》するためじゃねえか。俺ャ、もう二度とあんな目に遭《あ》いたくはねえ……。

今度、手が後ろに廻るようなことになったら、島流しなんて柔《やわ》なお仕置《しおき》じゃ済まねえからよ。そうではなくて、俺が言いてェのは、十両払えば使い古しのべか舟を売ってやってもいいという奴がいてよ。そりゃよ、竜龍の旦那は立派な男《ひと》だ。あそこにいれば、食うに事欠くことはねえ。けどよ、同じ網子でもてめえの舟を持たねえ網子には限度ってもんがあってよ。おめえに着物《べべ》はおろか、簪《かんざし》の一本も買ってやる余裕《ゆとり》がねえんだからよ……」

おみのは血相《けっそう》を変えて首を振った。

「あたし、着物なんて要《い》らない！　簪も要らない！　それより、あんちゃんが機嫌《きげん》よく仕事をしてくれるほうが嬉しいんだよ」

「だから、機嫌よく仕事をするためにも、てめえの舟が欲《ほ》しいと言ってるのよ。中古《ちゆうぶる》といっても、十両は安いぜ。こんな甘《うめ》ェ話は滅多《めった》にあるもんじゃねえんだ！　なっ、おみの、俺がこれまでおめえに何か頼んだことがあるか？　ねえだろう？　後生一《ごしよういっ》生《しよう》の頼みなんだ。もう二度とおめえに頼み事をしねえからよ。あっ、そうか！　じゃ、こうしよう。俺が舟を持ち、捕った魚をてめえで売り捌《さば》くようになれば、そのくれェの金はすぐに貯まるだろうからよ。必ず返《けえ》すと念書《ねんしよ》を書くから、女将さんに掛け合ってくれねえか？　なっ、頼む。この通りだ……」

才造が人目も憚《はばか》らずに、手を合わせる。

おみのは慌てて見世の中を見廻した。

見世の中には、いつの間にか客が増えていた。

そして、先ほどの妊婦はといえば、なんと、まだ坐っているではないか……。

「止《よ》してよ、あんちゃん！　他人《ひと》が見てるじゃないか……。そりゃさ、あたしが貯めた三両ならあげてもいいよ。元々、あんちゃんのためにと貯めたお金だからさ。けど、残りの七両を女将さんに融通《ゆうずう》してもらえと言われても……。あたし、それだけは出来ない。第一、舟を十両で手に入れたとしても、果たして、竜龍の旦那が独《ひと》り立ちすることを許して下さるかどうか……。それに、あんちゃんを竜龍に世話した亀蔵親分の立場はどうなるのさ！　もし、あんちゃんが本気でそうしたいと思っているのなら、まずは親分に相談してみるべきだと思う。親分はあんちゃんの身請人《みうけにん》なんだよ。何をするにしても、まず親分に話を通し、許しを得たうえでというのが筋じゃないか！」

「ああ、どうせ、俺《おり》ャ、御帳付きだからよ！　実の妹に説教されなきゃならねえとは、哀《あわ》れなもんだ！」

「あんちゃん、あたし、そんなつもりじゃ……」

おみのがビクビクと頬《ほお》を顫《ふる》わせる。

するとそこに、おきわが堪《たま》りかねたように割って入ってきた。

「ごめんよ。聞くとはなしに、つい、話が耳に入っちまったもんでね……。才造さんでしたかしら？　おみのさんが言っているとおりですよ。あたしは自分が海とんぼの娘だったから、津元の下に就《つ》かない海とんぼがどんなに大変か、身に沁《し》みて解っているんですよ。あたしのおとっつァんも自前の舟を持っていましたが、捕った魚がそう甘《うま》く捌けるというものではなく、おっかさんがどれだけ苦労したことか……。それこそ、夜《よ》の目も寝ずに手内職をしていましたからね。おまえさんは活《い》きのよい魚なら右から左へと捌けると思っているんだろうが、天骨《てんこち》もない！　大概《たいがい》の見世は既《すで》に仕入れ先を決めているんですよ。そこに新参者《しんざんもの》が割り込むことは並大抵《なみたいてい》のことではない……。と言うのも、商《あきな》いなんてものは、人と人との関係、互いの信頼の中に成り立つものなんですよ。しかも、その信頼を築き上げるのは一朝一夕《いっちょういっせき》に出来ることではなく、永いときがかかりますからね。吹けば飛ぶようなこんな小さな蕎麦屋でも、魚ならここ野菜はここ、と仕入れ先が決まっていますからね。悪いことは言いません。竜龍ほどの津元の下に就けたのだから、暫く辛抱《しんぼう》することです。竜龍の旦那もおまえさんが我勢する姿を見れば、いつの日にか、自前で舟を持つことを認めて下さるかもしれない……。あそこの網子はそうやって何人も自前になったといいますからね。お願いです。おみのさんをもうこれ以上哀《かな》しませないで下さい！」

おきわが才造の目を瞠《みつ》める。

「おみのを哀しませる……」

「そうです。手前勝手《てまえがって》で頑固《がんこ》なおとっつァんを持ったばかりに、おっかさんやあたしがどれだけ苦《にが》い想いをしたことか……。おみのさんはこれまで随分《ずいぶん》と辛《つら》い想いをしてきたんだもの、あたしたちと同じ想いだけはさせたくないんですよ」

「………」

才造はがくりと肩を落とした。

「とにかく、亀蔵親分に相談してみることです。話はそれからだと思いますよ」

おきわはそう言うと、ごめんよ、余計な差出《さしで》をしちまって……、と謝り、配膳口《はいぜんぐち》へと戻って行った。


「ごめんね、あんちゃん……」

おみのが才造を上目《うわめ》に窺う。

「……………」

「何も、絶対に反対だと言ってるわけじゃないんだよ。けど、何をするにしても、まず、身請人である親分に相談をしてからでないとって言ってるだけなんだ……。親分が賛成なら、改めて、女将さんに頼むことを考えてみるから、それでいいでしょう?」

「……………」

才造は不貞《ふて》たように返事をしない。

「あたし、もう旅籠に戻らないと……。ごめんね。こんなことで自棄無茶《やけむちゃ》になっちゃ駄目だよ。ねっ、約束してね!」

おみのは才造の手を握り、無理矢理、指切りをさせて立ち上がった。

「おきわさん、ご馳走《ちそう》さま! これで足りるかしら? 少し脚《あし》が出たのじゃない?」

おみのがおきわに小白を手渡す。

「いえ、これで大丈夫ですよ」

「有難うね。じゃ、甘えちゃうよ……。あんちゃん、さっ、早く!」

おみのが才造に手招きをする。

才造はバツが悪そうな顔をして立ち上がると、おきわに一礼して大股《おおまた》に出ていった。

やれと、おきわが肩息を吐く。

些《いささ》か才造にきついことを言い過ぎた感がしなくもないが、おみののことを思えば、やはり、あれくらいはっきりと言ってやったほうがよかったのである。

正《まさ》な話、おみのの兄が島帰りだと知らなかったおきわは、御帳付き、という言葉にと胸を突かれた。

それで、平仄《ひようそく》があったように思ったのである。

おきわとおみのはほぼ同時期に立場茶屋おりきに女中として入り、彦次の死後おきわがこの場所に彦蕎麦を出すまでは、歳が近かったこともあり二人は親《した》しくしてきたが、思えば、おみのの口から肉親の話が出ることはまず以てなかった。

それに引き替え、おきわの実家《さと》は猟師町《りようしまち》の海とんぼで、おきわは偏屈者《へんくつもの》の父凡太《ぼんた》のことで何度おみのの前で愚痴《ぐち》ったことか……。

そんなときも、おみのは黙って聞いているだけで、決して、自分の家族のことを話そうとしなかった。

「おみのさんのおとっつァんは？　うちのおとっつァんみたいなことはないんだろ？」

「うん、まあね……」

「じゃ、仲が良かったんだ！」

「良くはないけど……」

と、こんな調子であるから、会話が続かない。

が、おみのは家族について触《ふ》れないだけで、他のことはよく話してくれた。

それで、いつしか、おきわもおみのの家族のことには触れないようになってきたのである。

まさか、おみのの兄が島帰りだったなんて……。

それで、おみのは家族の話に触れたがらなかったのであろう。

おみのが極端《きょくたん》に金を使いたがらなかったのも、これで解ったような気がする。

おみのは決して爪長《つめなが》（吝嗇《けち》）だったわけではなく、あの兄がご赦免になるときのためにと、爪に火を点すようにして金を貯めてきたのであろう。

そう思うと、おみのが不憫で堪らなかった。

おみのは水気《みずけ》のある頃から脇目《わきめ》も振らず、他の女衆《おなごし》が次々に嫁《とつ》いでいっても、才造のためにひたすら働き続けてきたのである。

もうこれ以上、おみのに才造のことで苦労をしてもらいたくない……。

差出と思われたって構うもんか！

おきわが胸の内でぶつくさ毒づいた、そのときである。

「お客さん、どうしました！」

小女のおまちが大声を上げて、妊婦の傍に駆け寄った。

見ると、女ごがお腹を抱えて屈《かが》み込んでいる。

「えっ、お腹が痛いんですか？　まさか、陣痛《じんつう》じゃ……」

おまちのその言葉に、おきわも慌てて傍に寄った。

女ごが苦しそうに顔を歪《ゆが》め、額に冷や汗をかいている。

「お客さん、大丈夫ですか？　えっ、生まれそうだって？」

おきわのその声に、板場の中から板場衆《いたばし》が飛び出して来る。

見世にいた三名ほどの客も、皆、戸惑《とまど》った顔をして寄って来る。

「誰か、産婆《さんば》を呼んで来な！」

「それより、この女ごの家に送り届けるべきなんじゃ……」

「あっ、そうだね。お客さん、どこから来られました？　この近所ですか？　近くなら、四ツ手（駕籠《かご》）を呼んで送らせますが……」

おきわが女ごの顔を覗き込む。

女ごは二十三、四だろうか、苦しそうに首を振った。

「えっ、近くじゃないって？　じゃ、どこから来たのかえ」

「よ、横浜村《よこはまむら》……」

「横浜村だって！」

「まさか、こんな状態でそこまで帰《けえ》らせるわけにはいかねえだろうが……」

「じゃ、どうすんのさ！　まさか、見世の中で産ませるわけにはいかないし……」

「そうだ！　素庵《そあん》さまの診療所に運ぼうじゃねえか」

「与之《よの》さん、てんごうを言うもんじゃない！　お産《さん》ってもんは産婆が取り上げるんであって、素庵さまにかかるのは異常があるときだけってことを知らないのかえ？」

おまちが訳知《わけし》り顔に言う。

「だったら、やっぱ産婆を呼ぶしかねえんじゃ……」

板頭の修司《しゆうじ》が言う。

「産婆を呼ぶって、ここに？　だって、ここは店先だよ。ああ、おっかさんが生きていてくれたら……。あたしは赤児《やや》を産んだことがないし、勿論《もちろん》、おまちも……。そうだ！　枡吉《ますきち》、裏に走って、とめ婆さんを呼んできておくれ！　とめ婆さんだけじゃ心許《こころもと》ないようなら、あすなろ園のキヲさんも呼んでおくれ。あの二人なら子を産んだことがあるから、どうすればよいのか解ると思うからさ！」

おきわが金切声《かなきりごえ》で喚《わめ》き立てる。

すると、一旦痛みの退《ひ》いていた女ごが、再び、アアッ……、と悲鳴を上げた。

「嫌《いや》だ！　この女《ひと》、おしっこしちまったよ……」

おまちが目をまじくじさせる。

おきわも男衆《おとこし》も、言葉を失い茫然《ぼうぜん》と突っ立っていた。

と、そこに、水口《みずぐち》のほうからとめ婆さんが駆け込んで来る。

続いて、キヲと榛名も……。

「陣痛が始まったんだって？　おっ、破水《はすい》してるじゃないか……」

「これは近いですね。こうなったらもう動かせませんよ」

とめ婆さんとキヲが口々に言う。

「よし、解った！　ほれ、そこの男ども、戸板《といた》を探してきて、この女ごを運びな」

とめ婆さんが男衆を鳴り立てる。

「運ぶって、どこに……」

「あすなろ園には子供たちがいるから、二階家のあたしの部屋だ。それから、誰か、産婆を呼びに行っておくれ！　但《ただ》し、おさだは駄目だよ。あの女ごは中条流《ちゅうじょうりゅう》の子堕《こお》ろしが専門だからさ。きぬ婆さんは死んじまったし、他は……」

とめ婆さんが首を捻《ひね》ると、キヲが怖《お》ず怖ずと割って入ってくる。

「猟師町のお虎《とら》さんはどうでしょう。海人《かいと》を取り上げてくれた女《ひと》だけど、あの女なら

「信頼が置けますからね」

「おっ、猟師町なら近いし、それがいい！　誰か猟師町に走っとくれ」

杢助《もくすけ》が彦蕎麦を飛び出して行く。

そこに、枡吉と与之助《よのすけ》が戸板を運んで来て、女ごが戸板に載せられた。

女ごが二階家へと運ばれると、おきわは改まったように客に頭を下げた。

「お騒がせしてしまい申し訳ありません。お詫《わ》びといってはなんですが、今日は勘《かん》定《じょう》はこっち被《かぶ》りということで勘弁《かんべん》して下さいませ……」

「おっ、それじゃ悪《わり》ィや……。騒がせたのは客のほうで、見世のせいじゃねえんだからよ」

「そうでェ、土台《どだい》、お産が近《ちけ》ェってのに、一人で横浜村からこんなところまで来るあの女ごが悪いんだからよ！」

「お陰で、彦蕎麦は商売《しょうべえ》あがったりじゃねえか！　女将、気にしなくていいんだよ」

三人の客が口々に言う。

「有難うございます。けれども、見世で起きたことはあたくしどもの責任ですんで、どうか気持を受け取って下さいませ」

「そうけえ……。まっ、女将がそこまで言うんなら、今日のところは馳走《ごち》になっておこうか」
「済まねえな。その代わり、またちょくちょく来るからよ！」
三人の男が見世を出て行く。
「おまち、急いで土間を拭《ふ》いておくれ！」
おきわはそう言うと、暖簾《のれん》を中に取り込み、表に仕込み中の札《ふだ》を出した。
現在《いま》は七ツ（午後四時）……。
七ツ半（午後五時）まで半刻《はんとき》（一時間）ほど、見世を閉めようと思った。
やれ、今日はなんという日だろう。
おみのの兄のことで気を揉《も》んだかと思うと、まさか、お産まで始まろうとは……。
だが、師走《しわす》（十二月）も半ば、大晦日《おおつごもり》がすぐそこまで迫ってきているのである。
大晦日は晦日蕎麦《みそかそば》で応接に暇《いとま》がないほどの忙しさとなるだろう。
それを思うと、たまにはこんな日があってもよいか……。
おきわはふっと頬を弛めると、音を立てて油障子《あぶらしょうじ》を閉めた。

「男の子だったんだってな？」

亀蔵が継煙管《つぎきせる》に甲州《こうしゅう》（煙草《たばこ》）を詰めながら言う。

「ええ、母子《ぼし》ともどもに息災《そくさい》で安堵《あんど》いたしましたわ」

おりきが茶を淹《い》れながら言う。

「彦蕎麦の客がお産と聞いて、驚いただろう？」

「ええ、それは驚きましたわ。しかも、産婆が間に合わなくて、結句、とめさんとキヲさん、榛名さんの三人で取り上げたというのですからね」

「榛名も……。おっ、そうか、榛名も女ごの子を産んだことがあったんだよな」

「とめさんの話では、結局、榛名さんが一番しっかりしていて、頑張《がんば》れ、おまえさんはおっかさんになるんだよ、おっかさんがそんなにひ弱でどうする、もっとしっかり息むんだ、と気合を入れたそうでしてね。臍《へそ》の緒《お》を切るのも後産《あとざん》の始末も榛名さんが率先して動いたそうで、助かったと言っていましたわ。赤児《やや》が生まれた後、やっと駆けつけて来た産婆も、榛名さんの処置を褒《ほ》めていたそうでしてね」

「ほう、榛名にそんな才があったとはよ……。料理が上手《うめ》ェだけじゃなかったんだ！」

「キヲさんがね、とめさんが赤児《やや》を産んだのは三十年も前のことだから忘れたって仕方がないが、自分は海人を産んでまだ間がないというのに、他人《ひと》のお産となるとおたおたするばかりで何も出来なかった、ところが、榛名さんの肝《きも》が据わっているのには驚いた、とそんなふうに感心していましたからね」

「俺ャ、とめ婆さんが赤児《やや》を産んだことがあるってことすら忘れてしまってたんだが、考えてみれば、あいつ、二度も産んだんだよな？　可哀相《かえいそう》に、一人は生まれてすぐに里子に出され、もう一人は二度と手放してなるものかと生まれたての赤児《やや》を抱き締《し》めて逃げる最中《さなか》、あんまし強く抱き締めすぎて死なせちまったんだもんな……。それを思うと、とめ婆さんにはお産は苦ェ思い出《にげ》だというのに、行《ゆ》きがかりとはいえ、行きずりの女ごを助《す》ける羽目になっちまったんだから皮肉なものよのっ……。そりゃそうと、女ごの身許《みもと》は判ったのかよ？」

亀蔵がおりきに目を据える。

「横浜村のお麻《あさ》さんというそうですが、一月前《ひとつき》、焼き接《つ》ぎ師をしていたご亭主が品川門前町の料理屋に仕上がった絵皿を届けに行ったきり、戻って来なくなったそうですの。お麻さんは産み月が近くなり、元々反《そ》りの合わなかった姑《しゅうとめ》から、息子は女房のおまえに嫌気《いやけ》がさしたから姿を消したのだ、と毎日のように嫌味《いやみ》を言われ、居たたまれなくなって家を飛び出したそうですの……」

「ほう、亭主が門前町の料理屋に……。じゃ、亭主を捜《さが》すつもりでここに来たというのけえ？」

「そのつもりだったようです。けれども、ご亭主から聞いていた福見屋《ふくみや》という料理屋では、為五郎《ためごろう》なんて焼き接ぎ師は知らないと言われたそうで、それでどうしたものかと思案《しあん》に暮れている最中《さなか》、突然、陣痛が始まったそうですの。本人は生まれるのは年明けと思っていたらしくて、まさか、旅の途中で子を産むことになろうとは思ってもいなかったようですのよ」

「正月明けか……。てこたァ、こうめもいつ陣痛が起きても不思議はねえってことか……。けど、男の子とは目出度《めでて》ェじゃねえか……。こうめも肖《あやか》りてェもんだぜ。で、どうするって？」

「ご亭主が絵皿を納《おさ》めに行ったのが福見屋でないとすれば、捜しようがありませんからね。まだお産がすんで二日目なので、今すぐ横浜村に戻るわけにはいかないでしょうから、肥立《ひだ》ちを見て、戻るとすればそれからということになるでしょう。横浜村にはその旨《むね》を文にしたため知らせましたのよ」

「じゃ、お麻って女ごは現在《いま》もとめ婆さんの部屋にいるってことか」

「ええ。当分の間、さつきがあすなろ園で子供たちと一緒に寝起きすることになりましてね。ですから、とめさんがお麻さんと赤児《やや》の面倒を見ていますのよ」

「なんと、とめ婆さんも円《まる》くなったもんじゃねえか！　あの拗者《すねもの》で口に毒を持った婆さんが、見ず知らずの母子《おやこ》の世話をするとはよ……」

　亀蔵が信じられないといった顔をする。

「自分が取り上げた赤児《やや》だと思うと、情が移って当然ですわ。それに、とめさんはわざと背《そむ》けたことを言い偽悪《ぎあく》ぶっているだけで、本当は心さらな女《ひと》なのですよ。地震で亡くなった菊香《きくか》さんやおせんちゃんの世話を焼いていたことや、労咳《ろうがい》を病んだ飯盛《めしもり》女《おんな》の菊哉《きくや》さんを親身《しんみ》になって面倒を見てあげたこと……、そう、つい最近では、茶汲《ちゃくみ》女《おんな》に売られたさつきを身銭を切ってまで身請《みうけ》したことなどを考えても、とめさんがいかに幸薄《さちうす》い女ごに優《やさ》しいかが解ると思いますよ」

　亀蔵も頷く。

「とめ婆さんはてめえが飯盛女に売られ数々の辛酸《しんさん》を嘗《な》めてきたもんだから、つい、流れの里（遊里）に身を落とした女ごに手を差し伸べたくなるんだろうて……。けどよ、お麻と姑の反りが合わねえんじゃ、横浜村に帰《けえ》ってからも辛《つれ》ェ想いをするだけなんじゃねえのかよ？　亭主を捜し出したというのなら話は別だが、手掛かりさえ見つけちゃねえんだからよ」

　亀蔵が苦虫《にがむし》を嚙《か》み潰《つぶ》したような顔をする。

「ええ。わたくしもそれを心配したのですが、横浜村に上の娘《こ》を残して来たそうでしてね。戻ってやらなければ、その娘《こ》が不憫だと……。女の子なんですって……。姑にはそれも気に入らなかったみたいで、男の子も産めない嫁は……、と何かにつけて嫌味を言われたそうですが、此度《こたび》は男の子ですからね。その子を抱いて帰れば、少しは姑の態度も変わるのではないかと……」

　おりきが亀蔵に意味ありげな視線を送る。

「おっ、なんでェ、その目は……。ちょ、ちょい待った！　おめえ、俺がこうめの腹の子は男の子だと決めつけているもんだから、俺までが女ごの子を蔑《ないがし》ろにしていると思ってるんじゃなかろうな？　置きャあがれってェのよ！　俺がみずきのことをどれだけ可愛《かわい》く思ってるか……。目の中に入れても痛くねえというが、ありゃ当たってるぜ！　俺ャ、そのくれェ、みずきが可愛いんだからよ。正な話、次に生まれてくる子が男の子だろうと女ごの子だろうと構わねえ……。ただ、女ごの子はみずきがいるもんだから、次は男の子がいいなと思うだけの話で、お麻の姑と一緒にしてもらいたくねえや！」

　亀蔵が気を苛《いら》ったようにどしめく。

「ええ解っていますよ。親分はみずきちゃんのことが可愛くて堪らないのですものね。

けれども、世の中には、男の子を産めない女ごは役立たずのように言う人がいますので、親分も誤解されないように、あまり人前で男の子、男の子、と騒がないほうがよいのではと、つい老婆心《ろうばしん》を起こしましてね」

「解ってらァ、そんなことくれェ！　俺ャ、おめえの前《めえ》だから言っただけで、余所《よそ》じゃ一切そんなことを言ってねえからよ」

亀蔵がぶん剝《む》くれたような顔をする。

おりきはくすりと笑った。

亀蔵ほど判りやすい男はいないだろう。

根っからの正直者なのだろうが、こうして喜怒哀楽《きどあいらく》をすぐに顔に出すところが、また憎《にく》めないところである。

「甘藷芋《かんしょいも》で作った茶巾絞《ちゃきんしぼ》りがありますのよ。お上がりになりますか？」

亀蔵が途端に目尻をでれりと下げる。

「おっ、茶巾絞りとな……。巳之吉《みのきち》が作ったのか？」

「いえ、榛名さんが子供たちの小中飯《こじゅうはん》（おやつ）にと作りましたの。それが、善助《ぜんすけ》が残した種芋《たねいも》を見つけましてね。試《ため》しに裏庭に植えてみたところ、面白《おもしろ》いほど沢山採《と》れましたの。それで、此《こ》の中《じゅう》、小中飯には焼芋、蒸《ふ》かし芋、そして賄いには天麩羅と、芋ずくしなのですよ」

「善助が……。考えてみれば、善助は供花用《きょうかよう》の菊畑や松花堂弁当箱《しょうかどうべんとうばこ》と、いろんなものを残していってくれたんだもんな……」

亀蔵がしんみりとした口調で言う。

「何より、皆の心の中に思い出を遺《のこ》していってくれました。亡くなったばかりの頃はさほど思わなかったことが、ときが経つにつれ、懐《なつ》かしき良き思い出として甦《よみがえ》ってきてくれるのですもの、不思議ですわ」

「それだけ、その名の通り、善爺《ぜんじい》は善《よ》き爺《じい》さまだったということなのよ……。そりゃそうと、先日、才造が訪ねて来たんだって？」

亀蔵が黒文字《くろもじ》で茶巾絞りをつつきながら言う。

「ええ。おみのからお聞きになったのですか？」

「いや、才造が車町《くるまちょう》まで訪ねて来てよ」

「えっ……。それはいつ……」

「昨日よ。漁から上がって、その脚で訪ねて来たんだろうが、俺が見廻りに出てたもんで、八文屋《はちもんや》で一刻半《いっときはん》（三時間）も待っていたそうでよ」

「うちにも二日前に魚を持って訪ねて来たのですが、親分のところにまで行くとは、では、もうすっかり心に余裕《ゆとり》が出来たのでしょうね」

おりきがそう言うと、亀蔵は、いや、それがよ……、と喉《のど》に小骨が刺さったような顔をした。

「……」

おりきが訝しそうに亀蔵を窺う。

「おみのの奴、何か言っていなかったか？」

「いえ、何も……。才造さんが訪ねて来たのはよいのですが、どこかしら旅籠に入りづらそうでしたので、おみのに久し振りに兄妹二人でゆっくり話しておいでと言って、彦蕎麦に行かせたのですがね。おみのは戻って来てから、愉《たの》しいひとときを過ごさせてもらいました、と頭を下げただけで、才造さんと何を話したのかまでは言いませんでした」

「そうけえ……。おみのも言い辛かったのだろうて……。と言うか、俺に遠慮したんだろうな」

「遠慮？　それはどういうことなのでしょうか」

亀蔵は困じ果てたように、うーんと唸《うな》り腕を組んだ。

「それがよ、才造の奴、自前《じめえ》の舟を持ちてェと言い出したのよ」

　亀蔵が苦り切ったような顔をして、おりきに目を据える。

「それはどういうことなのでしょう」

「つまりよ、自前《じめえ》の百姓がてめえの畑で採った作物のすべてが自分のものになるのと同じでよ。自前《じめえ》の網子は捕った魚を津元に託《たく》し、津元が魚河岸に卸《おろ》して売上の一部を手間賃として取る……。が、舟を持たねえ網子は津元の舟を使うため、捕った魚はすべて津元のもので、網子は売上ではなく給金を貰うことになるのよ。ところが、自前《じめえ》の海とんぼの中には津元に属さねえ一匹狼がいてよ。おきわのおとっつァんがそうだったんだがよ……。津元に手間賃を払う必要はねえが、てめえが捕った魚はてめえで売り捌かなきゃなんねえ。この場合、よほどよい得意先を摑んでねえ限り、魚を売り残しちまう……。おきわのおっかさんが零《こぼ》してたぜ。夕刻近くまで売れねえことが度々あり、最後はただ同然で近所の者に配っていたと……。そのため、おきわ母娘《おやこ》は苦労のし通しでよ。費《つい》えの足しになればと、ありとあらゆる手内職を熟《こな》してよ。それを見ているもんだから、俺ャ、才造におめえが考えているほど世の中は甘《あめ》ェもんじゃねえと諭《さと》してやったのよ」

亀蔵が茶をぐびりと飲み干す。

「それで？」

おりきは不安そうな目を亀蔵に返した。

「ところが才造が言うには、十両でべか舟を売ってもいいという奴がいるらしくてよ。勿論、使い古しだがまだ充分使えるらしくて、十両なら買い物だというのよ。それで、おみのに十両の金を工面《くめん》してくれねえかと頼んだそうでよ……」

あっと、おりきは息を呑んだ。

「おみのにそんな大金が作れるわけがありません」

「ああ、おみのは才造が戻って来たら棟割でも借りて兄妹二人で出直すためにと貯めた三両しかねえと言ったらしい。すると、あの野郎、言うに事欠いてなんと言ったと思う？　女将さんから借りてくれと言ったというのよ……。俺ャ、その話を聞いて、てめえ、この野郎、何を考えてやがる！　とどしめいてやったのよ」

「……………」

おりきは言葉を失った。

正な話、どう答えてよいのか分からない。

「しかもよ、島帰《しまげえ》りのあいつを竜龍の旦那に雇《やと》ってやってくれと頭を下げたのはこの俺だぜ？　石の上にも三年というが、あいつ、海とんぼの道に入《へえ》ってまだ四月《よつき》だというのに、何が自前《じめえ》の舟を持ちてェだよ！　そんなことをしてみな？　温情《おんじょう》で御帳付きを雇ってくれた竜龍に後足《あとあし》で砂をかけるようなもんだ……。この俺だって、竜龍に顔向け出来ねえだろうが！　そりゃよ、誰にも束縛《そくばく》されず、のびのびと漁をしてェと思う才造には窮屈《きゅうくつ》かもしれねえ……。だがよ、何事も辛抱の棒が大事というじゃねえか……。竜龍の網子として我勢してりゃ、そのうち旦那のほうから舟を持つことを勧めてくれるかもしれねえ……。そう言って、俺ャ、諄々《じゅんじゅん》と諭したんだがよ」

亀蔵が太息《ふといき》を吐く。

「それで、納得してくれたのでしょうか」

「ああ、不承不承《ふしょうぶしょう》だがよ。身請人の俺が言うことだから仕方なく諦めたんだろうて……。けど、おみのが辛かっただろうと思ってよ。兄貴のためになんとかしてやりてェと思う気持と、もうこれ以上おめえに迷惑はかけられねえという想いの板挟《いたばさ》みになってよ……」

「おみのはわたくしにひと言もそのことを話してくれませんでした」

「そりゃ、おめえに心配《しんぺえ》をさせたくなかったのよ。おみのはよ、こう言ったそうだ……。何をするにしても、まず、身請人である親分に相談をしてからでないと駄目だ、親分が賛成なら、改めて女将さんに頼んでみることを考えてみるからと……。おみのは俺が反対すると読んでいたのよ。だから、そう言った……。俺ャよ、おみのがそこまでしっかりした女ごとは思わなかったぜ。おめえに金の無心は出来ねえと端《はな》から突っぱねてしまうより、俺が賛成ならと遠回しに断ったんだからよ。おみのは理道《りみち》にあったことをしたわけで、これなら、才造にも文句は言えねえからよ……」

おりきはどこかしら釈然としないものを感じた。

「恐らくそうなのだろうと思いますが、わたくしは才造さんがこのことで自棄無茶になるのではないかと何故《なぜ》かしら危惧《きぐ》してしまいます。誰しも夢を絶《た》たれると意気阻喪《いきそそう》してしまいますが、才造さんの場合は十七年も流人暮らしを強《し》いられ、やっと解放されてさあこれからという想いが人一倍強いのではないでしょうか……。親分は才造さんが海とんぼになって四月《よつき》しか経たないと言われますが、確かに、竜龍では四月《よつき》かもしれませんが、才造さんには三宅島で漁をしてきたという自負《じふ》があるのですよ。だから、労役《ろうえき》としての漁ではなく、せっかく自由の身になれたのだから、これからは自分のための漁をしてみたいという想いが強いのではないでしょうか……」

「じゃ、おめえは才造が暗澹《あんたん》とした想いに堪《た》えきれず、自暴自棄《じぼうじき》になるとでも……」

亀蔵が眉根《まゆね》を寄せる。

「そうならないことを願うばかりですが、才造さんはもう若くはありません。焦《あせ》らずにというほうが無理なのかもしれませんよ。今、ふっと思ったのですが、現在《いま》の時点で才造さんを自前の網子にすることは叶《かな》わないものかどうか、親分の口から竜龍に訊ねてみることは出来ないでしょうか？」

「俺が？　そりゃ訊《き》くことは出来るが、答えは判ってるからよ……。入《へえ》って四月《よつき》やそこらの網子をいきなり自前《じめえ》にするわけがねえからよ」

亀蔵は渋顔《しぶがお》をしてみせた。

「ええ、通常はそうなのでしょうが、才造さんは前途《ぜんと》があまり永くはありません。ですから、津元から舟を斡旋《あっせん》してもらうのは無理としても、こちらで舟を調達するので自前の網子に組入れてもらえないかどうか訊ねてみるのですよ。津元の下に就いていれば、魚を売り捌くことで困りませんからね。これなら、竜龍の顔も立つので許してもらえるのではないでしょうか」

おりきが亀蔵の顔をそろりと窺う。

「じゃ、おめえは才造に金を融通《ゆうずう》してやってもよいと思ってるのか？」

亀蔵が驚いたといった顔をする。

「ええ。但《ただ》し、差し上げるのではなく、お貸しするということで……。何年かかってもよいので、こつこつと返して下さればよいと思っています」

「おめえって女ごは……」

亀蔵は二の句が継《つ》げないといった顔をした。

だが、亀蔵にはおりきが一旦言い出したら五分《ごぶ》でも退かない女ごということが解っている。

「解ったよ。だが、才造のいうその舟が本当に使い物になるのか確かめるのが先だ……。俺がその男に逢って舟を確かめてみるから、それまで、このことは誰にも言うんじゃねえぜ！」

亀蔵が釘を刺すような言い方をする。

どうやら、現在《いま》の時点でおみのに話し、糠喜《ぬかよろこ》びをさせることになっても……と懸念《けねん》したようである。

「そりゃそうだろう？　案外《あんげえ》、才造が騙《だま》されてるのかもしれねえからよ」

亀蔵が仕こなし顔をする。

「ええ、それはそうですね。けれども、竜龍に掛け合うことを忘れないで下さいね」

「ああ、解ってらァ！」

亀蔵はそう言い、帰って行った。

おりきは火箸《ひばし》で長火鉢《ながひばち》の灰をかきながら、おみののことを思った。

舟を買う金を都合《つごう》してやれば、恐らく、おみのは才造がその金を返し終えるまで縁談に耳を貸そうとしないであろう。

おみのはそんな女ごなのである。

だが、才造に舟を買うことを諦めさせたとして、果たして、おみのがすんなりと嫁に行くだろうか……。

否《いな》……。

おりきは即座にその想いを振り払った。

おみのなら尚《なお》のこと、気落ちした才造が気懸《きが》かりで、傍から離れようとしないであろう。

結句、おみのは生涯あの男に振り回されて生きていくことになるのである。

ならば、おみののためにも、才造に舟を持たせてやったほうがよい……。

おまきにもしたように、これをおみのの持参金《じさんきん》と考えればよいのだから……。

そう思うと、いくらか気が楽になった。

「女将さん、お客さまがご到着でやす！」

玄関口のほうから、末吉が声をかけてくる。

おりきは気合を入れるようにして、立ち上がった。


それから三日後のことである。

亀蔵が息せき切って帳場に駆け込んで来た。

巳之吉と夕餉膳《ゆうげぜん》の打ち合わせをしていたおりきが、驚いたように亀蔵を見る。

「まあ、どうしました？　大層息が上がって……」

「お、お、驚くな……。いけねえ、喉がからついちまった……。茶をくんな！」

亀蔵はそう言うと、どかりと胡座《あぐら》をかいた。

「一体《いってえ》、何があったんでやすか？」

達吉が怪訝《けげん》な顔をして訊ねる。

「それがよ、いい話と悪《わり》ィ話があってよ。どっちから先に聞く？」

おりきと達吉が顔を見合わせる。

「それはよい話に決まっていますわ。さっ、お茶をどうぞ」

おりきが亀蔵の前に湯呑《ゆのみ》を置く。

「じゃ、夕餉膳はこれでいくことにして、あっしは失礼しやす……」

巳之吉が気を利かせて、板場に去って行く。

亀蔵は美味そうに茶を飲み干すと、改まったようにおりきに目を据えた。

「あっしはここにいても宜《よろ》しいんで？」

達吉が訊ねると、当たり前《めえ》だろう、おめえは大番頭じゃねえか、と亀蔵が嗤《わら》う。

「実はよ、昨日、竜龍と話してきたのよ。とは言え、あんまし虫のよい話と解ってい るもんだから、正な話、俺もおっかなびっくりだったんだがよ……。ところが、俺ャ、感心したぜ！　竜龍の旦那の懐《ふところ》の深《ふけ》ェこと……。俺の話に真摯《しんし》に耳を傾《かたむ》けてくれたばかりか、よし解った、通常、網子になりたての者に自前の舟を持たせることはしないのだが、才造の場合、事情が事情でもあるし、三宅島で海とんぼのいろはをたたき込まれてきたことだ、ここはひとつ、俺が他の網子を説得して才造が舟を持つことを了解《りょうかい》させよう、が、舟については俺に考えがある……、と言うのも、うちの舟を払い下げてもよいと思ってよ、今聞いた話では使い古しのべか舟を十両で買うそうだが、恐らく、それは糸次《いとじ》という男が持ってきた話なんだろうが、ありゃ駄目だ……、あの舟は使い物になるような代物《しろもの》ではない、十両はおろか、五両でも手を出す莫迦《ばか》はいないだろう、とこう言ってよ……。竜龍の舟を八両で分けてやってもよいと言ってくれたのよ!」

亀蔵がまるで自分の手柄《てがら》でもあるかのように、鼻蠢《おごめ》かせる。

「まあ、八両で……」

おりきは目を瞠った。

竜龍の舟を払い下げてもらえるのであれば、それに越したことはない。

しかも、二両も安いというのであるから、盆と正月が一遍にきたようなもの……。

「けど、糸次という男は、何ゆえ使い物にならねえ舟を十両と吹っかけたのでやしょう……」

達吉が首を捻る。

「旦那の話じゃ、糸次という男は祖父《じい》さまが使っていた舟を後生大事《ごしょうだいじ》にしていてよ。確かに、嘗《かっ》ては他人《ひと》も羨《うらや》むほどのよい舟だったそうだが、いかんせん、祖父さんが亡くなってからは手入れをしねえまま雨ざらしにしていたもんだから、とてものこと、使える状態ではねえそうでよ。ところが、漁に出たことのねえ糸次にはそれが解らねえ……。未《いま》だに、売りに出せばよい値《ね》で売れると思っているんだろうて……。が、そうは虎の皮! この頃うち、急に金のいることができたらしくて、現在《いま》、躍起《やっき》になって買い手を探しているそうなんだが、誰も見向きもしねえ……。そんなとき、竜龍に四十路を越えた男が新《あら》たに入《へえ》ったと聞いたもんだから、糸次の奴、舟を売る絶好の機《き》宜《ぎ》とでも思ったんだろうて……。四十路を過ぎて海とんぼになろうと思う男なら、恐らく先を急いでいるだろうから、甘《うめ》ェこと囁《ささや》けば食指《しょくし》を動かすのじゃなかろうか……、とそう考えたとしか思えねえ。要するに、無礼《なめ》られたのよ！　と言うのも、その話を才造にしてやったところ、あいつ、激怒してよ。どうやら、糸次は才造に少し手を入れるだけで舟は元通りになる、何しろ、他人《ひと》が羨むほどのよい舟だったんだからと言っていたらしくてよ。しかも、糸次は舟を見せてくれと頼んでも、金と引き替えでねえと見せられねえとつっぱねていたらしいのよ……。俺ャ、才造があんましいきり立って、すぐにでも糸次に殴《なぐ》り込むというもんだから、宥《なだ》めるのに苦労したぜ……」

亀蔵がやれと肩息を吐く。

「けれども、親分は竜龍が八両で舟を払い下げてもよいと言ったことを才造さんに話されたのでしょう？」

おりきが亀蔵を窺う。

「ああ、話したさ」

「それで、才造はなんて？」

達吉が焦《じ》れったそうにせっつく。

「そりゃ悦んださ……。しかも、金は立場茶屋おりきの女将が貸すという形で工面してやってもよいと言っていると聞いたもんだから、あいつ、人目《ひとめ》も憚らずに涙をぼろぼろ流してよ……。親分、証人になって下せえ、俺ャ、何年かかっても必ず女将さんに金を返《けえ》しやすから、と言うのよ」

亀蔵がそう言うと、達吉がえっと驚いたようにおりきを見る。

「女将さんが貸すって……。えっ、いつの間にそんな話になってたんでやすか？」

達吉には初耳のことで、驚くのも無理はない。

「だろう？　だから、俺は最初《はじめ》は反対したのよ。ところが、この女《ひと》は一旦言い出したら後に退かねえ……。才造はもう先があまり永くはない、やっと労役から解放されたのだから、これからは自分のための漁をしたいのに違いないってよ……。俺もよ、そう言われたら、成程、そうかもしれねえと思えてきてよ。それで、竜龍の旦那に掛け合ってみることにしたのよ。けど、才造が自前《じめえ》の舟を持つことに竜龍がいい顔をしなかったら、この話は流れてしまうからよ。それで、話が纏まるまで、才造にもおみのにも伏せておくことにしたのよ。女将が大番頭のおめえに言わなかったのも、そのためだと思うぜ。なっ、おりきさん、そうだよな？」

亀蔵に瞠められ、おりきが頷く。

「本当はすぐにでも大番頭さんに話さなければならなかったのでしょうが、親分がおっしゃるとおり、すべてが竜龍の腹ひとつ……。それで、はっきりするまではと黙っていたのです。済まなかったね」

おりきが謝ると、達吉は挙措を失った。

「あっしはそんな……。いえ、いいんですよ。あっしにも女将さんの気持が解りやすんで……。女将さんはおまきを嫁《とつ》がせるに当たり、持参金と称して春次が元女房に渡す手切金《てぎれきん》を肩代《かたが》わりしてやりなさったように、此度はおみのの兄貴に金を貸してやりてェと思ったんでやしょう？　いや、貸すというより、くれてやってもよいと思っているのではありやせんか？」

おりきは微笑《ほほえ》んだ。

「おみのの持参金と考えればよいのですもの……。恐らく、おみのは才造さんがわたくしから八両借りたことを知れば、返し終えるまでは嫁に行かないと言い出すでしょう」

「ああ、おみのという女ごはそんな女ごでよ。けどよ、女ごの幸せは、何も嫁に行くことだけじゃねえ……。あいつは兄貴が真っ当な生き方をしてくれることだけが幸せなんだろうからよ」

亀蔵も同感だとばかりに頷く。

「では、この話をおみのはまだ知らねえってことか……。きっと、おみのの奴、悦びやすぜ！　あっ、それで、もう一つの悪ィ話《わり》というのは……」

達吉が思い出したように、亀蔵に目をやる。

途端に、亀蔵は蕗味噌《ふきみそ》を嘗めたような顔をした。

「それがよ……」

おりきと達吉が、ひたと亀蔵に目を据える。

「お麻の亭主のことなんだがよ……」

「お麻って……、えっ、現在《いま》、とめ婆さんが世話をしている、あの女ごでやすか！」

達吉がさっとおりきを見る。

おりきの顔にも緊張の色が走った。


「お麻さんのご亭主が見つかったのですか？」

亀蔵の顔色から見て、あまり色よい話ではなさそうだと察したおりきは、怖々《こわごわ》と亀蔵を窺った。

「それがよ、昨日、御殿山《ごてんやま》の西斜面で三十路がらみの男の遺体が見つかってよ……。検死役人《けんしやくにん》の話じゃ、死後一月《ひとつき》は経っているそうでよ。が、この季節のことだ、さほど腐爛《ふらん》は進んでいなかったのだが、何せ、身許が判明しねえ……。それで、此の中、捜《そう》索願《さくねがい》の出た者はいねえか、各自身番に問い合わせているんだがよ。ふっと、お麻の亭主のことが頭を過《よ》ぎってよ。なんてったっけ、あの亭主……」

「為五郎さんですか？」

「おう、そうよ！　そいつじゃなかろうかって気がしねえでもねえんだが、お麻に確認させるわけにはいかねえものだろうか……」

亀蔵がちらとおりきを窺う。

「…………」

おりきは一瞬戸惑った。

お麻はなんといっても産後間もない。

まだ暫くは悪露《おろ》（おりもの）が続くであろうし、動揺すれば乳《ちち》の出にも障《さわ》るだろう。

「それで、死因は？」

おりきが訊ねると、亀蔵は苦り切った顔をした。

「首に麻縄《あさなわ》が巻きつけられてたんで、最初《はじめ》は絞殺《こうさつ》されたと思ってたんだが、遺体の脇の松の枝が折れていたことから推測するに、どうやら、首縊《くびく》りらしい……」

「…………」

「首縊り……。自死《じし》したというのですか！」

「ああ……。男は財布《さいふ》ばかりか身許の判るものを何ひとつ身に着《つ》けていなくてよ。それで最初《はじめ》は追い剝《は》ぎにでも遭ったのだろうと思っていたんだが、そうではなく、覚悟のうえで身許の判るものを身に着けていなかったらしいのよ……」

自死……。

おりきの胸の内で、嵐が吹き荒れた。

その男が為五郎だとしたら……。

やっとお麻が待望《たいぼう》の男子《だんし》を産んだばかりだというのに、そんな酷《むご》いことがあるだろうか……。

それに、何ゆえ、腕のよい焼き接ぎ師が自死しなくてはならないのであろうか。

あっと、おりきは為五郎が仕上がった絵皿を納めるために、横浜村から出て来たのだということを思い出した。

が、福見屋では、為五郎は来ていないと言った……。

とすれば、その男が為五郎なら絵皿はまだ手許《てもと》にあるはずである。

「親分、その男《ひと》は為五郎さんではありませんよ！」

おりきはきっぱりと言い切った。

そうであってほしい、という願いのほうが強かったのかもしれない。

「その男が絵皿を持っていなかったからか？　俺もそう思った……。だがよ、見世に納める前《めえ》に皿を紛失《ふんしつ》するか破損させたのかもしれねえからよ。それを苦にして首縊りしたのだとすれば、辻褄《つじつま》が合うじゃねえか」

「けど、皿を紛失するか毀《こわ》したくれェで、人間、首縊りしようとするだろうか……。たとえ、絵皿が福見屋の家宝であったとしてもだぜ、平謝《ひらあやま》りに謝るとか、弁償するとかすればよいことだし、あっしには生命《いのち》を賭《か》けるようなことには思えねえんだが……」

達吉がどうにも解《げ》せないとばかりに、首を傾げる。

「わたくしもそう思います。そのような不確かな状況で、お麻さんに動揺を与えてよいものかどうか……」

「おめえはそう言うが、お麻は身重《みおも》の身体《からだ》で、亭主の行方《ゆくえ》を捜すためにわざわざ横浜村くんだりから出て来たんだぜ？　俺なら、その男が為五郎かどうか確かめてェと思うからよ。おめえは？　おめえならどうする……」

亀蔵がおりきを睨めつける。

「わたくしは……。そうですね。わたくしもどうぞして違っていておくれと願いつつも、確かめますね……。解りました。お麻さんのことはとめさんに委《まか》せていますので、この場合、どうするべきか、まず、とめさんに質《ただ》してみることにします」

「ええ、あっしもそう思いやす。じゃ、とめ婆さんをここに呼んで来やすんで……」

達吉が帳場を出て行く。

おりきと亀蔵の間に、どこかしら気まずい空気が漂《ただよ》った。

おりきが無言のまま茶を淹れる。

「どうしてェ……。まさか、おめえは俺が余計な差出をしてると思ってるんじゃなかろうな？　だが言っとくが、これは御用《ごよう》の筋では当然の話なんだからよ」

「いえ、そんなことは思っていませんよ。ただ、お麻さんの身になると、仮にその男《ひと》が為五郎さんでないとしても、遺体を見るのは辛いだろうと思いましてね。さっ、お茶をどうぞ……」

「まあな……」

亀蔵が不貞たような顔をして、湯呑を手にする。

「さっ、入《へえ》んな」

達吉がとめ婆さんを促《うなが》す声がして、障子がするりと開いた。

「お呼びで？」

とめ婆さんが愛想《あいそ》のない顔をして、入って来る。

「忙しいのに呼びつけて済まなかったね。現在《いま》、お麻さんと赤児《やや》はどうしています？」

「赤児《やや》はオッパイを飲んだばかりで、ぐっすり眠っていますよ。お麻さんは襁褓《おしめ》を縫うんだと言って、古くなった客用の浴衣《ゆかた》を解《ほど》いて……。あっ、よかったんですよね？」

とめ婆さんが慌てておりきを窺う。

「ええ、洗濯物のことはすべてとめさんに委せているのですもの、客に着せられないと思ったら、とめさんの判断で処分しても構わないのですよ」

「それで、用とは……」

とめ婆さんが金壺眼《かなつぼまなこ》をきらりと光らせる。

どうやら、忙しいのだから、さっさと用件を言えということなのだろう。

おりきは亀蔵に目をやった。

「俺？　俺から言えってことか？　まっ、そりゃそうよのっ。実はよ、昨日、御殿山の西斜面で三十路がらみの男の遺体が見つかってよ……」

亀蔵がおりきに話したことと同じことを、とめ婆さんに話して聞かせる。

とめ婆さんは眉《まゆ》ひとつ動かすことなく、聞いていた。

「じゃ、お麻さんにその遺体が亭主かどうか確かめろってことなんですね？」

とめ婆さんが亀蔵を睨《にら》みつける。

「ああ、そういうことなんだが、女将が産後間もねえお麻に遺体を確認させるのは酷《こく》なんじゃねえかと言うもんだからよ……。それで、とめ婆さんの意見を聞こうと思ってよ」

「あたしの意見なんて聞くまでもないさ！」

とめ婆さんが木で鼻を括《くく》ったような言い方をする。

「…………」

「…………」

亀蔵もおりきも啞然《あぜん》とした。

「それはどういうことなのですか？」

おりきが訝しそうに言うと、とめ婆さんは、ふン、と鼻で嗤った。

「身許不明の遺体があり、年恰好《としかっこう》が似ているというのなら、亭主かどうか確かめるのが筋じゃないか！　産後であろうと、そんなことに構っちゃいられない。仮に、その男が亭主だとしてみな？　お麻さんは手厚く葬《ほうむ》ってやることも出来ず、この先ずっと、二度と戻って来ない亭主の帰りを待つことになるんだよ！　それに、その男が亭主でないとすれば、まずはひと安心……。とにかく、白黒をつけないでどうするってのさ！　お麻さんの身体を案じるのは、それからのこと……。違うかえ？」

「おう、よく言った！　俺もそう思ってたところなのよ。じゃ、これからお麻を北本《きたほん》宿《じゅく》の自身番に連れて行くが、とめ婆さんも付き添ってくれるよな？」

亀蔵に言われ、とめ婆さんが即座に頷く。

「ああ、いいともさ！　お麻さん一人を行かせるのは心許ないからさ。赤児《やや》はさつきに委せるとして、じゃ、お麻さんを呼んで来るから待っておくれ！」

とめ婆さんが、ヨイショ！　と掛け声をかけて立ち上がり、帳場から出て行く。

なんとも、しごくあっさりとしたものである。

おりきは拍子抜《ひょうしぬ》けしたような顔をして、亀蔵を見た。

「なに、とめ婆さんに委せておけば大丈夫《でえじょうぶ》さ。ああ見えて、腹ん中じゃ、どうぞして、その男が為五郎でありませんようにと祈ってるんだろうからよ」

「けれども、もしも、その男《ひと》が為五郎さんだとしたら、その場合はどうなるのでしょう」

　おりきが気遣《きづか》わしそうに亀蔵を窺う。

「その場合は桐ヶ谷《きりがや》の火葬場《かそうば》で荼毘《だび》に付し、遺骨を横浜村まで持ち帰《けえ》ることになるだろうが、その手配は俺たちでやっておくんで安心しな」

「けど、横浜村の姑はどう思うだろうか……。息子が首縊りしちまったんだからよ」

　達吉がぽつりと呟くと、亀蔵が嗤う。

「違っつァんよ、まだ遺体が為五郎と決まったわけじゃねえんだぜ！　それに、姑がどう思うかなんてこたァ、知ったことじゃねえ！　俺たちがそこまで考えるこたァねえんだからよ」

「そりゃそうなんだが、俺ャ、お麻がますます横浜村に居辛《いづら》くなるんじゃなかろうかと思ってよ」

「だからよ、まだ為五郎と決まったわけじゃねえと言ってるだろ！」

　亀蔵が気を苛ったように鳴り立てる。

　が、おりきも達吉と想いは同じ……。

　お麻の先行きを思うと、前途に暗雲《あんうん》が垂れ込めているように思えてならなかった。

エイ、ホッ、エイ、ホッ……。

旅籠の裏庭から、追廻《おいまわし》たちの掛け声が聞こえてくる。

今日は師走も三十日で、旅籠、茶屋、彦蕎麦合同の餅搗《もちつ》きである。

立場茶屋おりきでは、二十九日の苦餅《くもち》を避《さ》け、毎年、三十日に餅搗きをするのが恒《こう》例《れい》となっていた。

この日ばかりは、それぞれの見世から追廻や女衆が数名ずつ駆り出され、男衆が餅を搗き、女衆が餅米を蒸《む》したり、搗き上がった餅を板の上で丸めたり伸ばしたり……。

そこに、あすなろ園の子供たちも加わるのだから、賑《にぎ》やかなことこのうえない。

その頃、帳場では、お麻が赤児《やや》を抱いておりきに別れを告げていた。

「永いことお世話になりました」

お麻が頭を下げる。

「まだゆっくりして下さってもよいのですよ。大丈夫ですか？　赤児《やや》を抱いての帰途《きと》とあっては、身一つのときのようにはいきませんからね」

おりきが心配そうにお麻を覗き込む。

「ええ。でも、正月が来るというのに、いつまでも家を留守にしていられません。うちの男《ひと》には逢えませんでしたが、いつか必ず戻って来てくれると信じて、横浜村で義母《はは》と娘、そしてこの子と待つつもりです」

お麻の頬につと翳《かげ》りが過ぎった。

「お麻さん、本当にそれで宜しいのね？」

「ええ……。こちらで世話になっていることや男の子が生まれたことを知らせたのですが、結句、義母《はは》からは文のひとつも届きませんでした。けれども、それは義母《はは》がまだこの子の顔を見ていないからだと思います。この子の顔を見れば、きっと……。だって、この子、うちの男《ひと》にそっくりなんですよ」

「名前もまだついていませんね」

「うちの男《ひと》の行方が未だに判らないのですもの……。だから、義母《はは》につけてもらうことにしました」

「ああ、それがよいですわ！　お麻さん、もうすっかり覚悟がお出来になったようですね」

お麻がこくりと頷く。

「あたし、首縊りをした男《ひと》の遺体を見て思ったんです。あの男《ひと》に何があったのか判りませんが、自《みず》ら死を選ばなければならないほどの苦しみを抱えていたのだと思うと、なんだか他人事《ひとごと》に思えなくて……。うちの男《ひと》が姿を消してからというもの、あたしは毎日のように、義母《はは》から息子はおまえに愛想尽《あいそづ》かししたから出て行ったのだと詰《なじ》られました。その度《たび》にカッと頭に来てあたしも言い返していましたが、それが悪かったのですね。義母《はは》の言葉はまんざら外れていたわけではないのですもの……。もしかすると、あの男《ひと》があたしと義母《はは》の諍《いさか》いに嫌気《いやけ》がさして戻って来なくなったのだとしたら、やはり、原因はあたしにもあるのですものね……。ですから、一から義母とやり直してみようと思います。二人も子がいるのですもの、あたしたちが仲睦《なかむつ》まじく暮らしているのを知ると、あの男《ひと》もいつかは戻って来てくれるのではなかろうかと思って……。実は、これはとめさんに言われたことでしてね。自身番からの帰り道、とめさんに諄々と諭されたんですよ。人というものは好意を持って接してやると、必ずや、相手も自分のことを好きになってくれる、逆に、相手を嫌いだと思えば、必ず向こうも自分のことを嫌っているものなんだ、だから、姑から疎《うと》まれてもおまえは好きだと思って接するんだ、そうすれば、姑もいつかはおまえのことを好いてくれるようになるって……。あたし、目から鱗《うろこ》が落ちたような気がしました。考えてみれば、あたしはいつも義母《はは》を疎ましく思っていたんですよ……。ですから、これからは義母《はは》を好きになるように努《つと》めます。それでないと、二人の子が可哀相《かわいそう》ですものね」

お麻の顔に心《しん》からの笑《え》みが浮かんだ。

「とめさんがそんなことを……」

おりきの胸が熱いもので包まれていく。

「横浜村に帰って落ち着きましたら、お便りします。とめさんにくれぐれも宜しく伝えて下さいませ」

「解りました。道中、ご無事で……。あっ、それからこれは坊に……」

おりきが胸の間《あわい》から御守《おまもり》を取り出す。

「品川神社《しながわじんじゃ》の御守です」

「有難うございます」

するとそこに、玄関口のほうから末吉が声をかけてきた。

「女将さん、四ツ手が来やした！」

「馴染《なじみ》の六尺《ろくしやく》（駕籠舁《かごか》き）を頼んでおきました。お代も済ませておきましたので、安心して横浜村まで送ってもらうとよいですよ」

お麻が気を兼ねたように頭を下げる。

「何から何まで申し訳ありません。このご恩は決して忘れません。本当に有難うございました」

そうして、お麻は赤児《やや》を抱いて横浜村まで帰って行った。

その夜のことである。

おりきが客室の挨拶《あいさつ》を終えて帳場に戻ると、達吉が何やら懐かしそうに留帳《とめちょう》に目を通していた。

「今年もあと一日か……。こうしてみると、いろんなことがありやしたね」

「おや、珍しいこと！　大番頭さんがそのような感慨深《かんがいぶか》いことを……」

おりきがひょっくらひょい返すと、達吉がへへっと首を竦めた。

「あっしだって、たまには感慨《かんげ》ェ深くなりやすよ。けど、お麻さん、ようござんしたね」

「ええ、本当に……。お姑さんとやり直してみる気になってくれたようで、胸を撫《な》で下ろしました。あとは為五郎さんが戻って来てくれることだけですね」

「もう横浜村に着いたでしょうかね？」

「さあ、どうでしょう」

「けど、今宵はやけに冷え込みやすね。あっ、女将さん、耳を澄《す》ませてみて下せえよ！」

達吉に言われ、おりきが耳を欹《そばだ》てる。

が、何も聞こえない。

おりきが訝しそうな顔をすると、達吉は連子窓《れんじまど》の外を指差した。

「ねっ、聞こえるでしょう？　しんしんと……」

達吉が小声で囁く。

成程、言われてみると、しんしんと霜《しも》の降る音が聞こえるような……。

「霜の声ですね。しんしんと……」

おりきがそう言うと、達吉がしっと唇に指を当てる。

今まで霜の降る音に関心を払ったことはなかったが、こうしてみると、なんと感慨深いものなのであろうか……。

が、束《つか》の間の静寂《せいじゃく》はすぐに掻き消され、女中たちがバタバタと廊下を踏み締める音が響いてきた。

どうやら、三の膳《ぜん》が運ばれていくところのようである。

本書は、時代小説文庫（ハルキ文庫）の書き下ろし作品です。

時代小説文庫

い6-24

凜《りん》として 立場茶屋《たてばぢゃや》おりき

著者　今井絵美子《いまいえみこ》

2013年10月18日第一刷発行

発行者　角川春樹

発行所　株式会社 角川春樹事務所

〒102-0074 東京都千代田区九段南2-1-30 イタリア文化会館

電話　03(3263)5247［編集］　03(3263)5881［営業］

印刷・製本　中央精版印刷株式会社

フォーマット・デザイン＆シンボルマーク　芦澤泰偉

ISBN978-4-7584-3777-6 C0193

http://www.kadokawaharuki.co.jp/［営業］
fanmail@kadokawaharuki.co.jp［編集］　ご意見・ご感想をお寄せください。

時代小説文庫

今井絵美子
母子燕《おやこつばめ》 出入師夢之丞覚書

書き下ろし

半井夢之丞は、深川の裏店で、ひたすらお家再興を願う母親とふたり暮らしをしている。亡き父が賄を受けた咎で藩を追われたのだ。鴨下道場で師範代を務める夢之丞には〝出入師〟という裏稼業があった。喧嘩や争い事を仲裁し、報酬を得ているのだ。そんなある日、呉服商の内儀から、昔の恋文をとり戻して欲しいという依頼を受けるが……。男と女のすれ違う切ない恋情を描く「昔の男」他全五篇を収録した連作時代小説の傑作。シリーズ、第一弾。

今井絵美子
星の契 出入師夢之丞覚書

書き下ろし

七夕の日、裏店の住人総出で井戸凌いをしているところに、伊勢崎町の熊伍親分がやって来た。夢之丞に、知恵を拝借したいという。二年前に行方不明になった商家の娘・真琴が、溺死体で見つかったのだが、咽喉の皮一枚残して、首が斬られていたのだ。一方、今度は水茶屋の茶汲女が消えた。二つの事件は、つながっているのか?(「星の契」)。親子、男女の愛情と市井に生きる人々の人情を、細やかに粋に描き切る連作シリーズ、第二弾。

時代小説文庫

今井絵美子
鷺の墓
書き下ろし

藩主の腹違いの弟・松之助警護の任についた保坂市之進は、周囲の見せる困惑と好奇の色に苛立っていた。保坂家にまつわる因縁めいた何かを感じた市之進だったが……（「鷺の墓」）。瀬戸内の一藩を舞台に繰り広げられる人間模様を描き上げる連作時代小説。「一編ずつ丹精を凝らした花のような作品は、香り高いリリシズムに溢れ、登場人物の日常の言動が、哲学的なリアリティとなって心の重要な要素のように読者の胸に嵌め込まれてくる」と森村誠一氏絶賛の書き下ろし時代小説、ここに誕生！

今井絵美子
雀のお宿
書き下ろし

山の侘び寺で穏やかな生活を送っている白雀尼にはかつて、真島隼人という慕い人がいた。が、隼人の二年余りの江戸遊学が二人の運命を狂わせる……。心に秘やかな思いを抱えて生きる女性の意地と優しさ、人生の深淵を描く表題作ほか、武家社会に生きる人間のやるせなさ、愛しさが静かに強く胸を打つ全五篇。前作『鷺の墓』で「時代小説の超新星の登場」であると森村誠一氏に絶賛された著者による傑作時代小説シリーズ、第二弾。

（解説・結城信孝）

美作の風
今井絵美子

津山藩士の生瀬圭吾は、家格をおとしてまでも一緒になった妻・美音と母親の三人で、つつましくも平穏な暮らしを送っていた。しかしそんなある日、城代家老から、年貢収納の貫徹を補佐するように言われる。不作に加えて年貢加増で百姓の不満が高まる懸念があったのだ。山中一揆の渦に巻き込まれた圭吾は、さまざまな苦難に立ち向かいながら、人間の誇りと愛する者を守るために闘うが……。市井に生きる人々の祈りと夢を描き切る、感涙の傑作時代小説。

(解説・細谷正充)

蘇鉄の女《ひと》
今井絵美子

化政文化華やかりし頃、瀬戸内の湊町・尾道で、花鳥風月を生涯描き続けた平田玉《ぎょく》蘊《うん》。楚々とした美人で、一見儚げに見えながら、実は芯の強い蘇鉄のような女性。頼山陽と運命的に出会い、お互いに惹かれ合うが、添い遂げることは出来なかった……。激しい情熱を内に秘め、決して挫けることなく毅然と、自らの道を追い求めた玉蘊を、丹念にかつ鮮烈に描いた、気鋭の時代小説作家によるデビュー作、待望の文庫化。